CÁRCEL DE AMOR

DIEGO DE SAN PEDRO

El siguiente tratado fue hecho a petición del señor don Diego Hernandes, Alcaide de los Donceles, y de otros caballeros cortesanos: llámase Cárcel de Amor. Compúsolo San Pedro. Comienza el prólogo así:

Muy virtuoso señor:

Aunque me falta sufrimiento para callar, no me fallece conocimiento para ver cuánto me estaría mejor preciarme de lo que callase que arrepentirme de lo que dijese. Y puesto que así lo conozca, aunque veo la verdad, sigo la opinión. Y como hago lo peor nunca quedo sin castigo, porque si con rudeza yerro con vergüenza pago. Verdad es que en la obra presente no tengo tanto cargo, pues me puse en ella más por necesidad de obedecer que con voluntad de escribir. Porque de vuestra merced me fue dicho que debía hacer alguna obra del estilo de una oración que envié a la señora doña Marina Manuel, porque le parecía menos malo que el que puse en otro tratado mío. Así que por cumplir su mandamiento pensé hacerla, habiendo por mejor errar en el decir que en el desobedecer, y también acordé enderezarla a vuestra merced porque la favorezca como señor y la enmiende como discreto. Como quiera que primero que me determinase estuve en grandes dudas: vista vuestra discreción temía, mirada vuestra virtud osaba; en lo uno hallaba el miedo, y en lo otro buscaba la seguridad, y en fin escogí lo más dañoso para mi vergüenza y lo más provechoso para lo que debía. Podré ser reprehendido si en lo que ahora escribo tornare a decir algunas razones de las que en otras cosas he dicho. De lo cual suplico a vuestra merced me salve, porque como he hecho otra escritura de la calidad de esta no es de maravillar que la memoria desfallezca. Y si tal se hallare, por cierto más culpa tiene en ello mi olvido que mi querer. Sin duda, señor, considerando esto y otras cosas que en lo que escribo se pueden hallar, yo estaba determinado de cesar ya en el metro y en la prosa, por librar mi rudeza de juicios y mi espíritu de trabajos. Y parece, cuanto más pienso hacerlo, que se me ofrecen más cosas para no poder cumplirlo. Suplico a vuestra merced, antes que condene mi falta juzgue mi voluntad, porque reciba el pago no según mi razón, mas según mi deseo.

Después de hecha la guerra del año pasado, viniendo a tener el invierno a mi pobre reposo, pasando una mañana, cuando ya el sol quería esclarecer la tierra, por unos valles hondos y oscuros que se hacen en la Sierra Morena, vi salir a mi encuentro, por entre unos robredales donde mi camino se hacía, un caballero así feroz de presencia como espantoso de vista, cubierto todo de cabello a manera de salvaje. Llevaba en la mano izquierda un escudo de acero muy fuerte, y en la derecha una imagen femenil entallada en una piedra muy clara, la cual era de tan extrema hermosura que me turbaba la vista. Salían de ella diversos rayos de fuego que llevaba encendido el cuerpo de un hombre que el caballero forzadamente llevaba tras sí. El cual con un lastimado gemido de rato en rato decía: «En mi fe, se sufre todo». Y como emparejó conmigo, díjome con mortal angustia: «Caminante, por Dios te pido que me sigas y me ayudes en tan gran cuita». Yo, que en aquella sazón tenía más causa para temer que razón para responder, puestos los ojos en la extraña visión, estuve quedo, trastornando en el corazón diversas consideraciones: dejar el camino que llevaba parecíame desvarío, no hacer el ruego de aquel que así padecía figurábaseme inhumanidad, en seguirle había peligro, y en dejarle, flaqueza. Con la turbación, no sabía escoger lo mejor. Pero ya que el espanto dejó mi alteración en algún sosiego, vi cuánto era más obligado a la virtud que a la vida, y empachado de mí mismo por la duda en que estuve, seguí la vía de aquel que quiso ayudarse de mí. Y como apresuré mi andar, sin mucha tardanza alcancé a él y al que la fuerza le hacía, y así seguimos todos tres por unas partes no menos trabajosas de andar que solas de placer y de gente. Y como el ruego del forzado fue causa que lo siguiese, para cometer al que lo llevaba faltábame aparejo y para rogarle merecimiento, de manera que me fallecía consejo. Y después que revolví el pensamiento en muchos acuerdos, tomé por el mejor ponerle en alguna plática, porque como él me respondiese, así yo determinase; y con este acuerdo supliquele, con la mayor cortesía que pude, me quisiese decir quién era, a lo cual así me respondió: «Caminante, según mi natural condición, ninguna respuesta quisiera darte, porque mi oficio más es para ejecutar mal que para responder bien. Pero como siempre me crié entre hombres de buena crianza, usaré contigo de la gentileza que aprendí y no de la braveza de mi natural. Tú sabrás, pues lo quieres saber: yo soy principal oficial en la Casa de Amor. Llámanme por nombre Deseo. Con la fortaleza de este escudo defiendo las esperanzas, y con la hermosura de esta imagen causo las aficiones y con ellas quemo las vidas, como puedes ver en este preso que llevo a la Cárcel de Amor, donde con solo morir se espera librar». Cuando estas cosas el atormentador caballero me iba diciendo, subíamos una sierra de tanta altura, que a más andar mi fuerza desfallecía. Y ya que con mucho trabajo llegamos a lo alto de ella, acabó su respuesta. Y como vio que en más pláticas quería ponerle yo, que comenzaba a darle gracias por la merced recibida, súbitamente desapareció de mi presencia. Y como esto pasó a tiempo que la noche venía, ningún tino pude tomar para saber dónde guió. Y como la oscuridad y la poca sabiduría de la tierra me fuesen contrarias, tomé por propio consejo no mudarme de aquel lugar. Allí comencé a maldecir mi ventura, allí desesperaba de toda esperanza, allí esperaba mi perdición, allí en medio de mi tribulación nunca me pesó de lo hecho, porque es mejor perder haciendo virtud que ganar dejándola de hacer. Y así estuve toda la noche en tristes y trabajosas contemplaciones, y cuando ya la lumbre del día descubrió los campos, vi cerca de mí, en lo más alto de la sierra, una torre de altura tan grande que me parecía llegar al cielo. Era hecha por tal artificio que de la extrañeza de ella comencé a maravillarme. Y puesto al pie, aunque el tiempo se me ofrecía más para temer que para notar, miré la novedad de su labor y de su edificio. El cimiento sobre que estaba fundada era una piedra tan fuerte de su condición y tan clara de su natural cual nunca otra tal jamás había visto, sobre la cual estaban afirmados cuatro pilares de un mármol morado muy hermoso de mirar. Eran en tanta manera altos, que me espantaba cómo se podían sostener. Estaba encima de ellos labrada una torre de tres esquinas, la más fuerte que se puede contemplar. Tenía en cada esquina, en lo alto de ella, una imagen de nuestra humana hechura, de metal, pintada cada una de su color: la una de leonado, la otra de negro y la otra de pardillo. Tenía cada una de ellas una cadena en la mano asida con mucha fuerza. Vi más encima de la torre un chapitel sobre el cual estaba un águila que tenía el pico y las alas llenas de claridad de unos rayos de lumbre que por dentro de la torre salían a ella. Oía dos velas que nunca un solo punto dejaban de velar. Yo, que de tales cosas justamente me maravillaba, ni sabía de ellas qué pensase ni de mí qué hiciese. Y estando conmigo en grandes dudas y confusión, vi trabada con los mármoles dichos una escalera que llegaba a la puerta de la torre, la cual tenía la entrada tan oscura que parecía la subida de ella a ningún hombre posible. Pero, ya deliberado, quise antes perderme por subir que salvarme por estar; y forzada mi fortuna, comencé la subida, y a tres pasos de la escalera hallé una puerta de hierro, de lo que me certificó más el tiento de las manos que la lumbre de la vista, según las tinieblas donde estaba. Allegado pues, a la puerta, hallé en ella un portero, al cual pedí licencia para la entrada, y respondiome que lo haría, pero que me convenía dejar las armas primero que entrase; y como le daba las que llevaba según costumbre de caminantes, díjome:

«Amigo, bien parece que la usanza de esta casa sabes poco. Las armas que te pido y te conviene dejar son aquellas con que el corazón se suele defender de tristeza, así como Descanso, Esperanza y Contentamiento, porque con tales condiciones ninguno pudo gozar de la demanda que pides».

Pues, sabida su intención, sin detenerme en echar juicios sobre demanda tan nueva, respondile que yo venía sin aquellas armas y que de ello le daba seguridad. Pues como de ello fue cierto, abrió la puerta y con mucho trabajo y desatino llegué ya a lo alto de la torre, donde hallé otro guardador que me hizo las preguntas del primero. Y después que supo de mí lo que el otro, diome lugar a que entrase, y llegado al aposento de la casa, vi en medio de ella una silla de fuego, en la cual estaba asentado aquel cuyo ruego de mi perdición fue causa. Pero como allí, con la turbación, descargaba con los ojos la lengua, más entendía en mirar maravillas que en hacer preguntas. Y como la vista no estaba despacio, vi que las tres cadenas de las imágenes que estaban en lo alto de la torre tenían atado aquel triste, que siempre se quemaba y nunca se acababa de quemar. Noté más, que dos dueñas lastimeras con rostros llorosos y tristes le servían y adornaban, poniéndole con crudeza en la cabeza una corona de unas puntas de hierro, sin ninguna piedad, que le traspasaban todo el cerebro; y después de esto miré que un negro vestido de color amarillo venía diversas veces a echarle una bisarma y vi que le recibía los golpes en un escudo que súbitamente le salía de la cabeza y le cubría hasta los pies. Vi más, que cuando le trajeron de comer, le pusieron una mesa negra y tres servidores muy diligentes, los cuales le daban con grave sentimiento de comer. Y vueltos los ojos a un lado de la mesa, vi un viejo anciano sentado en una silla, echada la cabeza sobre una mano en manera de hombre cuidoso. Y ninguna de estas cosas pudiera ver, según la oscuridad de la torre, si no fuera por un claro resplandor que le salía al preso del corazón, que la esclarecía toda. El cual, como me vio atónito de ver cosas de tales misterios, viendo como estaba en tiempo de poder pagarme con su habla lo poco que me debía, por darme algún descanso, mezclando las razones discretas con las lágrimas piadosas, comenzó en esta manera a decirme:

El preso al autor

Alguna parte del corazón quisiera tener libre de sentimiento, por dolerme de ti según yo debiera y tú merecías. Pero ya tú ves en mi tribulación que no tengo poder para sentir otro mal sino el mío. Pídote que tomes por satisfacción, no lo que hago, mas lo que deseo. Tu venida aquí yo la causé. El que viste traer preso yo soy, y con la tribulación que tienes no has podido conocerme. Torna en ti tu reposo, sosiega tu juicio, porque estés atento a lo que te quiero decir: tu venida fue por remediarme, mi habla será por darte consuelo, puesto que yo de él sepa poco. Quién yo soy quiero decirte, de los misterios que ves quiero informarte, la causa de mi prisión quiero que sepas, que me liberes quiero pedirte, si por bien lo tuvieres. Tú sabrás que yo soy Leriano, hijo del duque Guersio, que Dios perdone, y de la duquesa Coleria. Mi naturaleza es este reino donde estás, llamado Macedonia. Ordenó mi ventura que me enamorase de Laureola, hija del rey Gaulo, que ahora reina, pensamiento que yo debiera antes huir que buscar. Pero como los primeros movimientos no se pueden en los hombres excusar, en lugar de desviarlos con la razón confirmelos con la voluntad, y así de Amor me vencí, que me trajo a esta su casa, la cual se llama Cárcel de Amor. Y como nunca perdona, viendo desplegadas las velas de mi deseo, púsome en el estado que ves. Y porque puedas notar mejor su fundamento y todo lo que has visto, debes saber que aquella piedra sobre quien la prisión está fundada es mi Fe, que determinó de sufrir el dolor de su pena por bien de su mal. Los cuatro pilares que asientan sobre ella son mi Entendimiento, mi Razón, mi Memoria y mi Voluntad, los cuales mandó Amor aparecer en su presencia antes que me sentenciase; y por hacer de mí justa justicia preguntó por sí a cada uno si consentía que me prendiesen, porque si alguno no consintiese me absolvería de la pena. A lo cual respondieron todos en esta manera:

Dijo el Entendimiento: «Yo consiento al mal de la pena por el bien de la causa, de cuya razón es mi voto que se prenda».

Dijo la Razón: «Yo no solamente doy consentimiento en la prisión, más ordeno que muera, que mejor le estará la dichosa muerte que la desesperada vida, según por quien se ha de sufrir».

Dijo la Memoria: «Pues el Entendimiento y la Razón consienten, porque sin morir no pueda ser libre, yo prometo de nunca olvidar».

Dijo la Voluntad: «Pues que así es, yo quiero ser llave de su prisión y determino de siempre querer».

Pues oyendo Amor que quien me había de salvar me condenaba, dio como justo esta sentencia cruel contra mí. Las tres imágenes que viste encima de la torre, cubiertas cada una de su color, de leonado, negro y pardillo, la una es Tristeza, la otra Congoja y la otra Trabajo. Las cadenas que tenían en las manos son sus fuerzas, con las cuales tiene atado el corazón porque ningún descanso pueda recibir. La claridad grande que tenía en el pico y alas el águila que viste sobre el chapitel, es mi Pensamiento, del cual sale tan clara luz por quien está en él, que basta para esclarecer las tinieblas de esta triste cárcel; y es tanta su fuerza que para llegar al águila ningún impedimento le hace lo grueso del muro, así que andan él y ella en una compañía, porque son las dos cosas que más alto suben, de cuya causa está mi prisión en la mayor alteza de la tierra. Las dos velas que oyes velar con tal recaudo son Desdicha y Desamor: traen tal aviso porque ninguna esperanza me pueda entrar con remedio. La escalera oscura por donde subiste es la Angustia con que subí donde me ves. El primer portero que hallaste es el Deseo, el cual a todas tristezas abre la puerta, y por eso te dijo que dejases las armas de placer si por caso las traías. El otro que acá en la torre hallaste es el Tormento que aquí me trajo, el cual sigue en el cargo que tiene la condición del primero, porque está de su mano. La silla de fuego en que asentado me ves es mi justa afición, cuyas llamas siempre arden en mis entrañas. Las dos dueñas que me dan, como notas, corona de martirio, se llaman la una Ansia y la otra Pasión, y satisfacen a mi fe con el galardón presente. El viejo que ves asentado, que tan cargado pensamiento representa, es el grave Cuidado, que junto con los otros males pone amenazas a la vida. El negro de vestiduras amarillas, que se trabaja por quitarme la vida, se llama Desesperar. El escudo que me sale de la cabeza, con que de sus golpes me defiendo, es mi Juicio, el cual, viendo que voy con desesperación a matarme, díceme que no lo haga, porque visto lo que merece Laureola, antes debo desear larga vida por padecer que la muerte para acabar. La mesa negra que para comer me ponen es la Firmeza con que como, pienso y duermo, en la cual siempre están los manjares tristes de mis contemplaciones. Los tres solícitos servidores que me servían son llamados Mal, Pena y Dolor: el uno trae la cuita con que coma, el otro trae la desesperanza en que viene el manjar y el otro trae la tribulación, y con ella, para que beba, trae el agua del corazón a los ojos y de los ojos a la boca. Si te parece que soy bien servido, tú lo juzgas; si remedio he menester, tú lo ves. Ruégote mucho, pues en esta tierra eres venido, que tú me lo busques y te duelas de mí. No te pido otro bien sino que sepa de ti Laureola cual me viste, y si por ventura te quisieres de ello excusar, porque me ves en tiempo que me falta sentido para que te lo agradezca, no te excuses, que mayor virtud es redimir los atribulados que sostener los prósperos. Así sean tus obras que ni tú te quejes de ti por lo que no hiciste, ni yo por lo que pudieras hacer.

Respuesta del autor a Leriano

En tus palabras, señor, has mostrado que pudo Amor prender tu libertad y no tu virtud, lo cual se prueba porque, según te veo, debes tener más gana de morir que de hablar, y por proveer en mi fatiga forzaste tu voluntad, juzgando por los trabajos pasados y por la cuita presente que yo tendría de vivir poca esperanza, lo que sin duda era así. Pero causaste mi perdición como deseoso de remedio y remediástela como perfecto de juicio. Por cierto, no he habido menos placer de oírte que dolor de verte, porque en tu persona se muestra tu pena y en tus razones se conoce tu bondad. Siempre en la peor fortuna socorren los virtuosos como tú ahora a mí hiciste. Que vistas las cosas de esta tu cárcel, yo dudaba de mi salvación, creyendo ser hechas más por arte diabólica que por condición enamorada. La cuenta, señor, que me has dado te tengo en merced, de saber quién eres soy muy alegre. El trabajo por ti recibido he por bien empleado. La moralidad de todas estas figuras me ha placido saber, puesto que diversas veces las vi, mas como no las pueda ver sino corazón cautivo, cuando le tenía tal conocíalas, y ahora que estaba libre dudábalas.

Mándasme, señor, que haga saber a Laureola cuál te vi, para lo cual hallo grandes inconvenientes, porque un hombre de nación extraña, ¿qué forma se podrá dar para negociación semejante? Y no solamente hay esta duda, pero otras muchas: la rudeza de mi ingenio, la diferencia de la lengua, la grandeza de Laureola, la gravedad del negocio... Así que en otra cosa no hallo aparejo sino en sola mi voluntad, la cual vence todos los inconvenientes dichos. Que para tu servicio la tengo tan ofrecida como si hubiese sido tuyo después que nací. Yo haré de grado lo que mandas. Plega a Dios que lleve tal la dicha como el deseo, porque tu deliberación sea testigo de mi diligencia. Tanta afición te tengo y tanto me ha obligado amarte tu nobleza, que habría tu remedio por galardón de mis trabajos. Entre tanto que voy, debes templar tu sentimiento con mi esperanza, porque cuando vuelva, si algún bien te trajere, tengas alguna parte viva con que puedas sentirlo.

El autor

Y como acabé de responder a Leriano en la manera que es escrita, informeme del camino de Suria, ciudad donde estaba a la sazón el rey de Macedonia, que era media jornada de la prisión donde partí. Y puesto en obra mi camino, llegué a la corte y después que me aposenté, fui a palacio por ver el trato y estilo de la gente cortesana, y también para mirar la forma del aposentamiento, por saber dónde me cumplía ir, estar o aguardar para el negocio que quería aprender. E hice esto ciertos días por aprender mejor lo que más me conviniese. Y cuanto más estudiaba en la forma que tendría, menos disposición se me ofrecía para lo que deseaba, y buscadas todas las maneras que me habían de aprovechar, hallé la más aparejada comunicarme con algunos mancebos cortesanos de los principales que allí veía. Y como generalmente entre aquellos se suele hallar la buena crianza, así me trataron y dieron cabida, que en poco tiempo yo fui tan estimado entre ellos como si fuera de su natural nación, de forma que vine a noticia de las damas. Y así de poco en poco hube de ser conocido de Laureola, y habiendo ya noticia de mí, por más participarme con ella contábale las cosas maravillosas de España, cosa de que mucho holgaba. Pues viéndome tratado de ella como servidor, pareciome que le podría ya decir lo que quisiese, y un día que la vi en una sala apartada de las damas, puesta la rodilla en el suelo, díjele lo siguiente:

El autor a Laureola

No les está menos bien el perdón a los poderosos cuando son deservidos, que a los pequeños la venganza cuando son injuriados. Porque los unos se enmiendan por honra y los otros perdonan por virtud, lo cual, si a los grandes hombres es debido, más y mucho más a las generosas mujeres, que tienen el corazón real de su nacimiento y la piedad natural de su condición. Digo esto, señora, porque para lo que te quiero decir halle osadía en tu grandeza, porque no la puedes tener sin magnificencia. Verdad es que primero que me determinase estuve dudoso, pero en el fin de mis dudas tuve por mejor, si inhumanamente me quisieses tratar, padecer pena por decir que sufrirla por callar.

Tú, señora, sabrás que caminando un día por unas asperezas desiertas, vi que por mandado del Amor llevaban preso a Leriano, hijo del duque Guersio, el cual me rogó que en su cuita le ayudase, de cuya razón dejé el camino de mi reposo por tomar el de su trabajo. Y después que largamente con él caminé, vile meter en una prisión dulce para su voluntad y amarga para su vida, donde todos los males del mundo sostiene: Dolor le atormenta, Pasión le persigue, Desesperanza le destruye, Muerte le amenaza, Pena la ejecuta, Pensamiento le desvela, Deseo le atribula, Tristeza le condena, Fe no le salva. Supe de él que de todo esto tú eres causa. Juzgué, según le vi, mayor dolor el que en el sentimiento callaba que el que con lágrimas descubría, y vista tu presencia, hallo su tormento justo. Con suspiros que le sacaban las entrañas me rogó te hiciese sabedora de su mal. Su ruego fue de lástima y mi obediencia de compasión. En el sentimiento suyo te juzgué cruel, y en tu acatamiento te veo piadosa, lo cual va por razón que de tu hermosura se cree lo uno y de tu condición se espera lo otro. Si la pena que le causas con el merecer se la remedias con la piedad, serás entre las mujeres nacidas la más alabada de cuantas nacieron. Contempla y mira cuánto es mejor que te alaben porque redimiste, que no que te culpen porque mataste. Mira en qué cargo eres a Leriano, que aun su pasión te hace servicio, pues si la remedias te da causa que puedas hacer lo mismo que Dios, porque no es de menos estima el redimir que el criar, así que harás tú tanto en quitarle la muerte como Dios en darle la vida. No sé qué excusa pongas para no remediarlo, si no crees que matar es virtud. No te suplica que le hagas otro bien sino que te pese de su mal, que cosa grave para ti no creas que te la pediría, que por mejor habrá el penar que serte a ti causa de pena. Si por lo dicho mi atrevimiento me condena, su dolor del que me envía me absuelve, el cual es tan grande que ningún mal me podrá venir que iguale con el que él me causa. Suplícote sea tu respuesta conforme a la virtud que tienes, y no a la saña que muestras, porque tú seas alabada y yo buen mensajero, y el cautivo Leriano libre.

Respuesta de Laureola

Así como fueron tus razones temerosas de decir, así son graves de perdonar. Si, como eres de España, fueras de Macedonia, tu razonamiento y tu vida acabaran a un tiempo. Así que, por ser extraño, no recibirás la pena que merecías, y no menos por la piedad que de mí juzgaste. Como quiera que en casos semejantes tan debida es la justicia como la clemencia, la cual en ti ejecutada pudiera causar dos bienes: el uno, que otros escarmentaran, y el otro, que las altas mujeres fueran estimadas y tenidas según merecen. Pero si tu osadía pide el castigo, mi mansedumbre consiente que te perdone, lo que va fuera de todo derecho. Porque no solamente por el atrevimiento debías morir, mas por la ofensa que a mi bondad hiciste, en la cual pusiste duda. Porque si a noticia de algunos lo que me dijiste viniese, más creerían que fue por el aparejo que en mí hallaste que por la pena que en Leriano viste, lo que con razón así debe pensarse, viendo ser tan justo que mi grandeza te pusiese miedo, como su mal osadía. Si más entiendes en procurar su libertad, buscando remedio para él hallarás peligro para ti. Y avísote, aunque seas extraño en la nación, que serás natural en la sepultura. Y porque en detenerme en plática tan fea ofendo mi lengua, no digo más, que para que sepas lo que te cumple lo dicho basta. Y si alguna esperanza te queda porque te hablé, en tal caso sea de poco vivir si más de la embajada pensares usar.

El autor

Cuando acabó Laureola su habla, vi, aunque fue corta en razón, fue larga en enojo, el cual le impedía la lengua. Y despedido de ella comencé a pensar diversas cosas que gravemente me atormentaban. Pensaba cuán alejado estaba de España, acordábaseme de la tardanza que hacía. Traía a la memoria el dolor de Leriano, desconfiaba de su salud, y visto que no podía cumplir lo que me dispuse a hacer sin mi peligro o su libertad, determiné de seguir mi propósito hasta acabar la vida o llevar a Leriano esperanza. Y con este acuerdo volví otro día a palacio para ver qué rostro hallaría en Laureola, la cual, como me vio, tratome de la primera manera, sin que ninguna mudanza hiciese, de cuya seguridad tomé grandes sospechas. Pensaba si lo hacía por no esquivarme, no habiendo por mal que tornase a la razón comenzada. Creía que disimulaba por tornar al propósito para tomar emienda de mi atrevimiento, de manera que no sabía a cuál de mis pensamientos diese fe.

En fin, pasado aquel día y otros muchos, hallaba en sus apariencias más causa para osar que razón para temer, y con este crédito aguardé tiempo convenible e hícele otra habla, mostrando miedo, puesto que no lo tuviese, porque en tal negociación y con semejantes personas conviene fingir turbación. Porque en tales partes el desempacho es habido por desacatamiento, y parece que no se estima ni acata la grandeza y autoridad de quien oye con la desvergüenza de quien dice. Y por salvarme de este yerro hablé con ella no según desempachado, mas según temeroso. Finalmente, yo le dije todo lo que me pareció que convenía para remedio de Leriano. Su respuesta fue de la forma de la primera, salvo que hubo en ella menos saña, y como, aunque en sus palabras había menos esquividad para que debiese callar, en sus muestras hallaba licencia para que osase decir. Todas las veces que tenía lugar le suplicaba se doliese de Leriano, y todas las veces que se lo decía, que fueron diversas, hallaba áspero lo que respondía y sin aspereza lo que mostraba. Y como traía aviso en todo lo que se esperaba provecho, miraba en ella algunas cosas en que se conoce el corazón enamorado. Cuando estaba sola veíala pensativa, cuando estaba acompañada no muy alegre. Érale la compañía aborrecible y la soledad agradable. Más veces se quejaba que estaba mal por huir los placeres. Cuando era vista, fingía algún dolor, cuando la dejaban, daba grandes suspiros. Si Leriano se nombraba en su presencia, desatinaba de lo que decía, volvíase súbito colorada y después amarilla, tornábase ronca su voz, secábasele la boca. Por mucho que encubría sus mudanzas, forzábala la pasión piadosa a la disimulación discreta. Digo piadosa porque sin duda, según lo que después mostró, ella recibía estas alteraciones más de piedad que de amor. Pero como yo pensaba otra cosa, viendo en ella tales señales, tenía en mi despacho alguna esperanza, y con tal pensamiento partime para Leriano, y después que extensamente todo lo pasado le reconté, díjele que se esforzase a escribir a Laureola, ofreciéndome a darle la carta, y puesto que él estaba más para hacer memorial de su hacienda que carta de su pasión, escribió las razones, de la cual eran tales:

Carta de Leriano a Laureola

Si tuviera tal razón para escribirte como para quererte, sin miedo lo osara hacer, mas en saber que escribo para ti se turba el seso y se pierde el sentido, y de esta causa antes que lo comenzase tuve conmigo gran confusión: mi fe decía que osase, tu grandeza que temiese; en lo uno hallaba esperanza y por lo otro desesperaba; y en el cabo acordé esto. Mas, ay de mí, que comencé temprano a dolerme y tarde a quejarme, porque a tal tiempo soy venido, que si alguna merced te mereciese no hay en mí cosa viva para sentirla, sino sola mi fe. El corazón está sin fuerza, el alma sin poder y el juicio sin memoria. Pero si tanta merced quisieses hacerme que a estas razones te pluguiese responder, la fe con tal bien podría bastar para restituir las otras partes que destruiste. Yo me culpo porque te pido galardón sin haberte hecho servicio, aunque si recibes en cuenta del servir el penar, por mucho que me pagues siempre pensaré que me quedas en deuda. Podrás decir que cómo pensé escribirte: no te maravilles, que tu hermosura causó la afición, y la afición el deseo, y el deseo la pena, y la pena el atrevimiento... y si porque lo hice te pareciere que merezco muerte, mándamela dar, que mucho mejor es morir por tu causa que vivir sin tu esperanza. Y hablándote verdad, la muerte, sin que tú me la dieses, yo mismo me la daría por hallar en ella la libertad que en la vida busco, si tú no hubieses de quedar infamada por matadora; pues malaventurado fuese el remedio que a mí librase de pena y a ti te causase culpa. Por quitar tales inconvenientes, te suplico que hagas tu carta galardón de mis males, que, aunque no me mate por lo que a ti toca, no podré vivir por lo que yo sufro, y todavía quedarás condenada. Si algún bien quisieres hacerme, no lo tardes; si no, podrá ser que tengas tiempo de arrepentirte y no lugar de remediarme.

El autor

Aunque Leriano, según su grave sentimiento, se quisiera más extender usando de la discreción y no de la pena, no escribió más largamente, porque para hacer saber a Laureola su mal bastaba lo dicho: que cuando las cartas deben alargarse es cuando se cree que hay voluntad para leerlas quien las recibe como para escribirlas quien las envía. Y porque él estaba libre de tal presunción no se extendió más en su carta, la cual, después de acabada, recibí con tanta tristeza de ver las lágrimas con que Leriano me la daba, que pude sentirla mejor que contarla. Y despedido de él, partime para Laureola, y como llegué donde estaba, hallé propio tiempo para poderle hablar, y antes que le diese la carta, díjele tales razones:

El autor a Laureola

Primero que nada te diga, te suplico que recibas la pena de aquel cautivo tuyo por descargo de la importunidad mía, que dondequiera que me hallé siempre tuve por costumbre de servir antes que importunar. Por cierto, señora, Leriano siente más el enojo que tú recibes que la pasión que él padece, y este tiene por el mayor mal que hay en su mal, de lo cual querría excusarse. Pero si su voluntad, por no enojarte, desea sufrir, su alma, por no padecer, querría quejar. Lo uno le dice que calle y lo otro le hace dar voces. Y confiando en tu virtud, apremiado del dolor, quiere poner sus males en tu presencia, creyendo, aunque por una parte te sea pesado, que por otra te causará compasión. Mira por cuántas cosas te merece galardón: por olvidar su cuita pide la muerte; porque no se diga que tú la consentiste, desea la vida; porque tú la haces, llama bienaventurada su pena; por no sentirla, desea perder el juicio; por alabar tu hermosura, quería tener los ajenos y el suyo. Mira cuánto le eres obligada que se precia de quien le destruye. Tiene su memoria por todo su bien y le es ocasión de todo su mal. Si por ventura, siendo yo tan desdichado, pierde por mi intercesión lo que él merece por fe, suplícote recibas una carta suya, y si leerla quisieres, a él harás merced por lo que ha sufrido y a ti te culparás por lo que has causado, viendo claramente el mal que le queda en las palabras que envía, las cuales, aunque la boca las decía, el dolor las ordenaba. Así te dé Dios tanta parte del cielo como mereces de la tierra, que la recibas y le respondas, y con sola esta merced le podrás redimir. Con ella esforzarás su flaqueza, con ella aflojarás su tormento, con ella favorecerás su firmeza, pondrasle en estado que ni quiera más bien ni tema más mal. Y si esto no quisieres hacer por quien debes, que es él, ni por quien lo suplica, que soy yo, en tu virtud tengo esperanza que, según la usas, no sabrás hacer otra cosa.

Respuesta de Laureola al autor

En tanto estrecho me ponen tus porfías que muchas veces he dudado sobre cuál haré antes: desterrar a ti de la tierra o a mí de mi fama en darte lugar que digas lo que quisieres; y tengo acordado de no hacer lo uno de compasión tuya, porque si tu embajada es mala, tu intención es buena, pues la traes por remedio del querelloso. Ni tampoco quiero lo otro de lástima mía, porque no podría él ser libre de pena sin que yo fuese condenada de culpa. Si pudiese remediar su mal sin amancillar mi honra, no con menos afición que tú lo pides yo lo haría. Mas ya tú conoces cuánto las mujeres deben ser más obligadas a su fama que a su vida, la cual deben estimar en lo menos por razón de lo más, que es la bondad. Pues si el vivir de Leriano ha de ser con la muerte de esta, tú juzga a quién con más razón debo ser piadosa, a mí o a su mal. Y que esto todas las mujeres deben así tener, en mucha más manera las de real nacimiento, en las cuales así ponen los ojos todas las gentes, que antes se ve en ella la pequeña mancilla que en las bajas la gran fealdad. Pues en tus palabras con la razón te conformas, ¿cómo cosa tan injusta demandas? Mucho tienes que agradecerme porque tanto comunico contigo mis pensamientos, lo cual hago porque si me enoja tu demanda, me aplace tu condición, y he placer de mostrarte mi excusación con justas causas por salvarme de cargo. La carta que dices que reciba fuera bien excusada, porque no tienen menos fuerza mis defensas que confianza sus porfías. Porque tú la traes pláceme de tomarla. Respuesta no la esperes ni trabajes en pedirla, ni menos en más hablar en esto, porque no te quejes de mi saña como te alabas de mi sufrimiento. Por dos cosas me culpo de haberme tanto detenido contigo: la una porque la calidad de la plática me deja muy enojada, y la otra porque podrás pensar que huelgo de hablar en ella y creerás que de Leriano me acuerdo, de lo cual no me maravillo, que como las palabras sean imagen del corazón, irás contento por lo que juzgaste y llevarás buen esperanza de lo que deseas. Pues por no ser condenada de tu pensamiento, si tal lo tuvieres, te torno a requerir que sea esta la postrimera vez que en este caso me hables. Si no, podrá ser que te arrepientas y que buscando salud ajena te falte remedio para la tuya.

El autor

Tanta confusión me ponían las cosas de Laureola, que cuando pensaba que más la entendía, menos sabía de su voluntad; cuando tenía más esperanza, me daba mayor desvío; cuando estaba seguro, me ponía mayores miedos. Sus desatinos cegaban mi conocimiento. En el recibir la carta me satisfizo, en el fin de su habla me desesperó. No sabía qué camino siguiese en que esperanza hallase, y como hombre sin consejo partime para Leriano con acuerdo de darle algún consuelo, entre tanto que buscaba el mejor medio que para su mal convenía, y llegado donde estaba comencé a decirle:

El autor a Leriano

Por el despacho que traigo se conoce que donde falta la dicha no aprovecha la diligencia. Encomendaste tu remedio a mí, que tan contraria me ha sido la ventura que en mis propias cosas la desprecio, porque no me puede ser en lo porvenir tan favorable que me satisfaga lo que en lo pasado me ha sido enemiga, puesto que en este caso, buena excusa tuviera para ayudarte, porque si yo era el mensajero, tuyo era el negocio. Las cosas que con Laureola he pasado ni pude entenderlas, ni sabré decirlas, porque son de condición nueva. Mil veces pensé venir a darte remedio y otras tantas a darte la sepultura. Todas las señales de voluntad vencida vi en sus apariencias, todos los desabrimientos de mujer sin amor vi en sus palabras. Juzgándola me alegraba, oyéndola me entristecía. A las veces creía que lo hacía de sabia, y a las veces de desamorada. Pero con todo eso, viéndola movible, creía su desamor, porque cuando amor prende, hace el corazón constante, y cuando lo deja libre, mudable. Por otra parte pensaba si lo hacía de medrosa, según el bravo corazón de su padre. ¿Qué dirás?: que recibió tu carta y recibida me afrentó con amenazas de muerte si más en tu caso le hablaba. Mira qué cosa tan grave parece en un punto tales dos diferencias. Si por extenso todo lo pasado te hubiese de contar, antes fallecería tiempo para decir que cosas para que te dijese. Suplícote que esfuerce tu seso lo que enflaquece tu pasión, que según estás, más has menester sepultura que consuelo. Si algún espacio no te das, tus huesos querrás dejar en memoria de tu fe, lo cual no debes hacer, que para satisfacción de ti mismo más te conviene vivir para que sufras, que morir para que no penes. Esto digo porque de tu pena te veo gloriar. Según tu dolor, gran corona es para ti que se diga que tuviste esfuerzo para sufrirlo. Los fuertes en las grandes fortunas muestran mayor corazón. Ninguna diferencia entre buenos y malos habría si la bondad no fuese tentada. Cata que con larga vida todo se alcanza; ten esperanza en tu fe, que su propósito de Laureola se podrá mudar y tu firmeza nunca. No quiero decirte todo lo que para tu consolación pensé, porque, según tus lágrimas, en lugar de matar tus ansias, las enciendo. Cuanto te pareciere que yo pueda hacer, mándalo, que no tengo menos voluntad de servir tu persona que remediar tu salud.

Responde Leriano

La disposición en que estoy ya la ves, la privación de mi sentido ya la conoces, la turbación de mi lengua ya la notas. Y por esto no te maravilles si en mi respuesta hubiere más lágrimas que concierto, las cuales, porque Laureola las saca del corazón, son dulce manjar de mi voluntad. Las cosas que con ella pasaste, pues tú, que tienes libre el juicio, no las entiendes, ¿qué haré yo, que para otra cosa no le tengo vivo sino para alabar su hermosura? Y por llamar bienaventurada mi fin, estas querría que fuesen las postrimeras palabras de mi vida, porque son en su alabanza. ¿Qué mayor bien puede haber en mi mal que quererlo ella? Si fuera tan dichoso en el galardón que merezco como en la pena que sufro, ¿quién me pudiera igualar? Mejor me es a mí morir, pues de ello es servida, que vivir, si por ello ha de ser enojada. Lo que más sentiré cuando muera será saber que perecen los ojos que la vieron y el corazón que la contempló, lo cual, según quien ella es, va fuera de toda razón. Digo esto porque veas que sus obras, en lugar de apocar amor, acrecientan fe. Si en el corazón cautivo las consolaciones hiciesen fruto, la que tú me has dado bastara para esforzarme. Pero como los oídos de los tristes tienen cerraduras de pasión, no hay por donde entren al alma las palabras de consuelo. Para que pueda sufrir mi mal, como dices, dame tú la fuerza y yo pondré la voluntad. Las cosas de honra que pones delante conózcolas con la razón y niégolas con ella misma. Digo que las conozco y apruebo, si las ha de usar hombre libre de mi pensamiento; y digo que las niego para conmigo, pues pienso, aunque busque grave pena, que escogí honrada muerte. El trabajo que por mí has recibido y el deseo que te he visto me obligaban a ofrecer por ti la vida todas las veces que fuere menester. Mas, pues lo menos de ella me queda de vivir, séate satisfacción lo que quisiera y no lo que puedo. Mucho te ruego, pues esta será la final buena obra que tú me podrás hacer y yo recibir, que quieras llevar a Laureola en una carta mía nuevas con que se alegre, porque de ella sepa cómo me despido de la vida y de más darle enojo. La cual, en esfuerzo que la llevarás, quiero comenzar en tu presencia, y las razones de ella sean estas:

Carta de Leriano a Laureola

Pues el galardón de mis afanes había de ser mi sepultura, ya soy a tiempo de recibirlo. Morir no creas que me desplace, que aquel es de poco juicio que aborrece lo que da libertad. Mas ¿qué haré, qué acabará conmigo la esperanza de verte? Grave cosa para sentir. Dirás que cómo tan presto, en un año ha o poco más que ha que soy tuyo, desfalleció mi sufrimiento: no te debes maravillar que tu poca esperanza y mi mucha pasión podían bastar para más de quitar la fuerza al sufrir. No pudiera pensar que a tal cosa dieras lugar si tus obras no me lo certificaran. Siempre creí que forzara tu condición piadosa a tu voluntad porfiada, como quiera que en esto, si mi vida recibe el daño, mi dicha tiene la culpa. Espantado estoy cómo de ti misma no te dueles: dite la libertad, ofrecite el corazón, no quise ser nada mío por serlo del todo tuyo, pues ¿cómo te querrá servir ni tener amor quien supiere que tus propias cosas destruyes? Por cierto, tú eres tu enemiga. Si no me querías remediar porque me salvara yo, debiéraslo hacer porque no te condenaras tú. Porque en mi perdición hubiese algún bien, deseo que te pese de ella. Mas si el pesar te había de dar pena, no lo quiero, que pues nunca viviendo te hice servicio, no sería justo que muriendo te causase enojo. Los que ponen los ojos en el sol, cuanto más lo miran más se ciegan, y así, cuanto yo más contemplo tu hermosura, más ciego tengo el sentido. Esto digo porque de los desconciertos escritos no te maravilles. Verdad es que a tal tiempo, excusado era tal descargo, porque, según quedo, más estoy en disposición de acabar la vida que de disculpar las razones. Pero quisiera que lo que tú habías de ver fuera ordenado, porque no ocuparas tu saber en cosa tan fuera de su condición. Si consientes que muera porque se publique que pudiste matar, mal te aconsejaste, que sin experiencia mía lo certificaba la hermosura tuya. Si lo tienes por bien porque no era merecedor de tus mercedes, pensaba alcanzar por fe lo que por desmerecer perdiese, y con este pensamiento osé tomar tal cuidado. Si por ventura te place por parecerte que no se podría remediar sin tu ofensa mi cuita, nunca pensé pedirte merced que te causase culpa. ¿Cómo había de aprovecharme el bien que a ti te viniese mal? Solamente pedí tu respuesta por primero y postrimero galardón. Dejadas más largas, te suplico, pues acabas la vida, que honres la muerte, porque si en el lugar donde van las almas desesperadas hay algún bien, no pediré otro si no sentido para sentir que honraste mis huesos, por gozar aquel poco espacio de gloria tan grande.

El autor

Acabada el habla y carta de Leriano, satisfaciendo los ojos por las palabras con muchas lágrimas, sin poderle hablar despedime de él, habiendo aquella, según le vi, por la postrimera vez que lo esperaba ver. Y puesto en el camino, puse un sobrescrito a su carta porque Laureola en seguridad de aquel la quisiese recibir. Y llegado donde estaba, acordé de dársela, la cual creyendo que era de otra calidad, recibió, y comenzó y acabó de leer. Y como en todo aquel tiempo que la leía nunca partiese de su rostro mi vista, vi que cuando acabó de leerla quedó tan enmudecida y turbada como si gran mal tuviera. Y como su turbación de mirar la mía no le excusase, por asegurarme, hízome preguntas y hablas fuera de todo propósito. Y para librarse de la compañía que en semejantes tiempos es peligrosa, porque las mudanzas públicas no descubriesen los pensamientos secretos, retrájose y así estuvo aquella noche sin hablarme nada en el propósito. Y otro día de mañana mandome llamar y después que me dijo cuantas razones bastaban para descargarse del consentimiento que daba en la pena de Leriano, díjome que le tenía escrito, pareciéndole inhumanidad perder por tan poco precio un hombre tal. Y porque con el placer de lo que le oía estaba desatinado en lo que hablaba, no escribo la dulzura y honestidad que hubo en su razonamiento. Quienquiera que la oyera pudiera conocer que aquel estudio había usado poco: ya de empachada estaba encendida, ya de turbada se tornaba amarilla. Tenía tal alteración y tan sin aliento el habla como si esperara sentencia de muerte. En tal manera le temblaba la voz, que no podía forzar con la discreción al miedo. Mi respuesta fue breve, porque el tiempo para alargarme no me daba lugar, y después de besarle las manos recibí su carta, las razones de la cual eran tales:

Carta de Laureola a Leriano

La muerte que esperabas tú de penado, merecía yo por culpada si en esto que hago pecase mi voluntad, lo que cierto no es así, que más te escribo por redimir tu vida que por satisfacer tu deseo. Mas, triste de mí, que este descargo solamente aprovecha para cumplir conmigo, porque si de este pecado fuese acusada no tengo otro testigo para salvarme sino mi intención, y por ser parte tan principal no se tomaría en cuenta su dicho. Y con este miedo, la mano en el papel, puse el corazón en el cielo, haciendo juez de mi fin Aquel a quien la verdad de las cosas es manifiesta. Todas las veces que dudé en responderte fue porque sin mi condenación no podías tú ser absuelto, como ahora parece, que puesto que tú solo y el llevador de mi carta sepáis que escribí, ¿qué sé yo los juicios que daréis sobre mí? Y digo que sean sanos, sola mi sospecha me amancilla. Ruégote mucho, cuando con mi respuesta en medio de tus placeres estés más ufano, que te acuerdes de la fama de quien los causó. Y avísote de esto porque semejantes favores desean publicarse, teniendo más acatamiento a la victoria de ellos que a la fama de quien los da. Cuánto mejor me estuviera ser afeada por cruel que amancillada por piadosa. Tú lo conoces, y por remediarte usé lo contrario. Ya tú tienes lo que deseabas y yo lo que temía. Por Dios te pido que envuelvas mi carta en tu fe, porque si es tan cierta como confiesas, no se te pierda ni de nadie pueda ser vista, que quien viese lo que te escribo pensaría que te amo y creería que mis razones antes eran dichas por disimulación de la verdad que por la verdad, lo cual es al revés, que por cierto más las digo, como ya he dicho, con intención piadosa que con voluntad enamorada. Por hacerte creer esto querría extenderme, y por no ponerte otra sospecha acabo. Y para que mis obras recibiesen galardón justo había de hacer la vida otro tanto.

El autor

Recibida la carta de Laureola acordé de partirme para Leriano, el cual camino quise hacer acompañado, por llevar conmigo quien a él y a mí ayudase en la gloria de mi embajada. Y por animarlos para adelante llamé los mayores enemigos de nuestro negocio, que eran Contentamiento, Esperanza, Descanso, Placer, Alegría y Holganza. Y porque si las guardas de la prisión de Leriano quisiesen por llevar compañía defenderme la entrada, pensé de ir en orden de guerra, y con tal pensamiento, hecha una batalla de toda mi compañía, seguí mi camino. Y allegado a un alto donde se parecía la prisión, viendo los guardadores de ella mi seña, que era verde y colorada, en lugar de defenderse, pusiéronse en huida tan grande, que quien más huía más cerca pensaba que iba del peligro. Y como Leriano vio a sobrehora tal rebato, no sabiendo qué cosa fuese, púsose a una ventana de la torre, hablando verdad más con flaqueza de espíritu que con esperanza de socorro. Y como me vio venir en batalla de tan hermosa gente, conoció lo que era, y lo uno de la poca fuerza y lo otro de súbito bien, perdido el sentido cayó en el suelo de dentro de la casa. Pues yo, que no llevaba espacio, como llegué a la escalera por donde solía subir, eché a Descanso delante, el cual dio extraña claridad a su tiniebla. Y subido a donde estaba el ya bienaventurado, cuando le vi en manera mortal pensé que iba a buen tiempo para llorarlo y tarde para darle remedio. Pero socorrió luego Esperanza, que andaba allí la más diligente, y echándole un poco de agua en el rostro tornó en su acuerdo, y por más esforzarle dile la carta de Laureola. Y entre tanto que la leía, todos los que llevaba conmigo procuraban su salud: Alegría le alegraba el corazón, Descanso le consolaba el alma, Esperanza le volvía el sentido, Contentamiento le aclaraba la vista, Holganza le restituía la fuerza, Placer le avivaba el entendimiento, y en tal manera lo trataron que cuando lo que Laureola le escribió acabó de leer, estaba tan sano como si ninguna pasión hubiera tenido. Y como vio que mi diligencia le dio libertad, echábame muchas veces los brazos encima ofreciéndome a él y a todo lo suyo, y parecíale poco precio, según lo que merecía mi servicio. De tal manera eran sus ofrecimientos que no sabía responderle como yo debía y quien él era.

Pues después que entre él y yo grandes cosas pasaron acordó de irse a la corte, y antes que fuese estuvo algunos días en una villa suya por rehacerse de fuerzas y atavíos para su partida. Y como se vio en disposición de poderse partir, púsolo en obra; y sabido en la corte como iba, todos los grandes señores y mancebos cortesanos salieron a recibirle. Mas como aquellas ceremonias viejas tuviese sabidas, más ufanía le daba la gloria secreta que la honra pública, y así fue acompañado hasta palacio. Cuando besó las manos a Laureola pasaron cosas mucho de notar, en especial para mí, que sabía lo que entre ellos estaba: al uno le sobraba turbación, al otro le faltaba color; ni él sabía qué decir, ni ella qué responder, que tanta fuerza tienen las pasiones enamoradas que siempre traen el seso y discreción debajo de su bandera, lo que allí vi por clara experiencia.

Y puesto que de las mudanzas de ellos ninguno tuviese noticia por la poca sospecha que de su pendencia había, Persio, hijo del señor de Gavia, miró en ellos trayendo el mismo pensamiento que Leriano traía. Y como las sospechas celosas escudriñan las cosas secretas, tanto miró de allí adelante las hablas y señales de él, que dio crédito a lo que sospechaba, y no solamente dio fe a lo que veía, que no era nada, mas a lo que imaginaba, que era el todo. Y con este malvado pensamiento, sin más deliberación ni consejo, apartó al rey en un secreto lugar y díjole afirmadamente que Laureola y Leriano se amaban y que se veían todas las noches después que él dormía, y que se lo hacía saber por lo que debía a la honra y a su servicio. Turbado el rey de cosa tal, estuvo dudoso y pensativo sin luego determinarse a responder, y después que mucho durmió sobre ello, túvolo por verdad, creyendo, según la virtud y autoridad de Persio, que no le diría otra cosa. Pero con todo eso, primero que deliberase, quiso acordar lo que debía hacer, y puesta Laureola en una cárcel, mandó llamar a Persio y díjole que acusase de traición a Leriano según sus leyes, de cuyo mandamiento fue muy afrentado. Mas como la calidad del negocio le forzaba a otorgarlo, respondió al rey que aceptaba su mando y que daba gracias a Dios que le ofrecía caso para que fuesen sus manos testimonio de su bondad. Y como semejantes actos se acostumbran en Macedonia hacer por carteles, y no en presencia del rey, envió en uno Persio a Leriano las razones siguientes:

Cartel de Persio para Leriano

Pues procede de las virtuosas obras la loable fama, justo es que la maldad se castigue porque la virtud se sostenga. Y con tanta diligencia debe ser la bondad amparada que los enemigos de ella, si por voluntad no la obraren, por miedo la usen. Digo esto, Leriano, porque la pena que recibirás de la culpa que cometiste será castigo para que tú pagues y otros teman: que, si a tales cosas se diese lugar, no sería menos favorecida la desvirtud en los malos, que la nobleza en los buenos. Por cierto, mal te has aprovechado de la limpieza que heredaste: tus mayores te mostraron hacer bondad y tú aprendiste obrar traición. Sus huesos se levantarían contra ti si supiesen cómo ensuciaste por tal error sus nobles obras. Pero venido eres a tiempo que recibieras por lo hecho fin en la vida y mancilla en la fama. ¡Malaventurados aquellos como tú que no saben escoger muerte honesta! Sin mirar el servicio de tu rey y la obligación de tu sangre, tuviste osada desvergüenza para enamorarte de Laureola, con la cual en su cámara, después de acostado el rey, diversas veces has hablado, oscureciendo por seguir tu condición tu claro linaje, de cuya razón te reto por traidor y sobre ello te entiendo matar o echar del campo, o lo que digo hacer confesar por tu boca; donde cuanto el mundo durare seré en ejemplo de lealtad, y atrévome a tanto confiando en tu falsía y mi verdad. Las armas escoge de la manera que querrás y el campo yo de parte del rey lo hago seguro.

Respuesta de Leriano

Persio, mayor sería mi fortuna que tu malicia, si la culpa que me cargas con maldad no te diese la pena que mereces por justicia. Si fueras tan discreto como malo, por quitarte de tal peligro antes debieras saber mi intención que sentenciar mis obras. A lo que ahora conozco de ti, más curabas de parecer bueno que de serlo. Teniéndote por cierto amigo, todas mis cosas comunicaba contigo, y, según parece, yo confiaba de tu virtud y tú usabas de tu condición. Como la bondad que mostrabas concertó la amistad, así la falsedad que encubría causó la enemiga. ¡O enemigo de ti mismo! que con razón lo puedo decir, pues por tu testimonio dejarás la memoria con cargo y acabarás la vida con mengua. ¿Por qué pusiste la lengua en Laureola, que sola su bondad bastaba, si toda la del mundo se perdiese, para tornarla a cobrar? Pues tú afirmas mentira clara y yo defiendo causa justa, ella quedará libre de culpa y tu honra no de vergüenza.

No quiero responder a tus desmesuras porque hallo por más honesto camino vencerte con la persona que satisfacerte con las palabras. Solamente quiero venir a lo que hace al caso, pues allí está la fuerza de nuestro debate. Acúsasme de traidor y afirmas que entré muchas veces en su cámara de Laureola después del rey retraído. A lo uno y a lo otro te digo que mientes, como quiera que no niego que con voluntad enamorada la miré. Pero si fuerza de amor ordenó el pensamiento, lealtad virtuosa causó la limpieza de él. Así que por ser de ella favorecido y no por ál1 lo pensé. Y para más afearte te defenderé no sólo que no entré en su cámara, mas que palabra de amores jamás le hablé. Pues cuando la intención no peca salvo está el que se juzga, y porque la determinación de esto ha de ser con la muerte del uno y no con las lenguas de entre ambos, quede para el día del hecho la sentencia, la cual fío en Dios se dará por mí, porque tú retas con malicia y yo defiendo con razón, y la verdad determina con justicia. Las armas que a mí son de señalar sean a la brida, según nuestra costumbre. Nosotros, armados de todas piezas, los caballos con cubiertas, cuello y testera, lanzas iguales y sendas espadas, sin ninguna otra arma de las usadas, con las cuales, defendiendo lo dicho, te mataré, haré desdecir o echaré del campo sobre ello.

El autor

Como la mala fortuna, envidiosa de los bienes de Leriano, usase con él de su natural condición, diole tal revés cuando le vio mayor en prosperidad. Sus desdichas causaban pasión a quien las vio, y convidaban a pena a quien las oye. Pues dejando su cuita para hablar en su reto, después que respondió al cartel de Persio como es escrito, sabiendo el rey que estaban concertados en la batalla, aseguró el campo. Y señalado el lugar donde hiciesen y ordenadas todas las cosas que en tal acto se requerían según las ordenanzas de Macedonia, puesto el rey en un cadalso, vinieron los caballeros, cada uno acompañado y favorecido como merecía. Y guardadas en igualdad las honras de entre ambos, entraron en el campo. Y como los fieles los dejaron solos, fuéronse el uno para el otro, donde en la fuerza de los golpes mostraron la virtud de los ánimos; y quebradas las lanzas en los primeros encuentros, pusieron mano a las espadas y así se combatían que quien quiera hubiera envidia de lo que obraban y compasión de lo que padecían.

Finalmente, por no detenerme en esto que parece cuento de historias viejas, Leriano le cortó a Persio la mano derecha, y como la mejor parte de su persona la viese perdida, díjole: «Persio, porque no pague tu vida por la falsedad de tu lengua, débeste desdecir». El cual respondió: «Haz lo que has de hacer, que aunque me falta el brazo para defender no me fallece corazón para morir». Y oyendo Leriano tal respuesta diole tanta prisa que le puso en la postrimera necesidad, y como ciertos caballeros, sus parientes, le viesen en estrecho de muerte, suplicaron al rey mandase echar el bastón, que ellos le fiaban para que de él hiciese justicia si claramente se hallase culpado, lo cual el rey así les otorgó. Y como fuesen separados, Leriano de tan grande agravio con mucha razón se sintió, no pudiendo pensar por qué el rey tal cosa mandase. Pues como fueron separados sacáronlos del campo iguales en ceremonia, aunque desiguales en fama, y así los llevaron a sus posadas, donde estuvieron aquella noche. Y otro día de mañana, habido Leriano su consejo, acordó de ir a palacio a suplicar y requerir al rey en presencia de toda su corte, le mandase restituir en su honra, haciendo justicia de Persio, el cual, como era maligno de condición y agudo de juicio, en tanto que Leriano lo que es contado acordaba, hizo llamar tres hombres muy conformes de sus costumbres, que tenía por muy suyos, y juramentándolos que le guardasen secreto, dio a cada uno infinito dinero por que dijesen y jurasen al rey que vieron hablar a Leriano con Laureola en lugares sospechosos y en tiempos deshonestos, los cuales se profirieron a afirmarlo y jurarlo hasta perder la vida sobre ello.

No quiero decir lo que Laureola en todo esto sentía, porque la pasión no turbe el sentido para acabar lo comenzado, porque no tengo ahora menos nuevo su dolor que cuando estaba presente. Pues tornando a Leriano, que más de su prisión de ella se dolía que de la victoria de él se gloriaba, como supo que el rey era levantado fuese a palacio, y presentes los caballeros de su corte, hízole un habla en esta manera:

Leriano al rey

Por cierto, señor, con mayor voluntad sufriera el castigo de tu justicia que la vergüenza de tu presencia, si ayer no llevara lo mejor de la batalla, donde si tú lo hubieras por bien, de la falsa acusación de Persio quedara del todo libre. Que puesto que a vista de todos yo le diera el galardón que merecía, gran ventaja va de hiciéralo a hízolo. La razón por que separarnos mandaste no la puedo pensar, en especial tocando a ti mismo el debate, que aunque de Laureola deseases venganza, como generoso no te faltaría piedad de padre, como quiera que en este caso bien creo quedaste satisfecho de su descargo. Si lo hiciste por compasión que habías de Persio, tan justo fuera que la hubieras de mi honra como de su vida, siendo tu natural. Si por ventura lo consentiste por verte aquejado de la suplicación de sus parientes, cuando les otorgaste la merced debieras acordarte de los servicios que los míos te hicieron, pues sabes con cuanta constancia de corazón, cuantos de ellos en muchas batallas y combates perdieron por tu servicio las vidas. Nunca hueste juntaste que la tercera parte de ellos no fuese. Suplícote que por juicio me satisfagas la honra que por mis manos me quitaste. Cata que guardando las leyes se conservan los naturales. No consientas que viva hombre que tan mal guarda las preeminencias de sus pasados porque no corrompan su veneno los que con él participaren. Por cierto, no tengo otra culpa sino ser amigo del culpado, y si por este indicio merezco pena, dámela, aunque mi inocencia de ella me absuelva, pues conservé su amistad creyéndole bueno y no juzgándole malo. Si le das la vida por servirte de él, dígote que te será el más leal cizañador que puedas hallar en el mundo. Requiérote contigo mismo, pues eres obligado a ser igual en derecho, que en esto determines con la prudencia que tienes y sentencies con la justicia que usas. Señor, las cosas de honra deben ser claras, y si a este perdonas por ruegos, por ser principal en tu reino, o por lo que te placerá, no quedaré en los juicios de las gentes por disculpado del todo, que si unos creyeren la verdad por razón, otros la turbarán con malicia. Y digo que en tu reino lo cierto se sepa, nunca la fama lleva lejos lo cierto. ¿Cómo sonará en los otros lo que es pasado si queda sin castigo público? Por Dios, señor, deja mi honra sin disputa, y de mi vida y lo mío ordena lo que quisieres.

El autor

Atento estuvo el rey a todo lo que Leriano quiso decir, y acabada su habla respondiole que él habría su consejo sobre lo que debiese hacer, que en cosa tal, con deliberación se había de dar la sentencia. Verdad es que la respuesta del rey no fue tan dulce como debiera, lo cual fue porque si a Laureola daba por libre, según lo que vio, él no lo estaba de enojo, porque Leriano pensó de servirla, habiendo por culpado su pensamiento, aunque no lo fuese su intención. Y así por esto como por quitar el escándalo que andaba entre su parentela y la de Persio, mandole ir a una villa suya que estaba dos leguas de la corte, llamada Susa, entretanto que acordaba en el caso, lo que luego hizo con alegre corazón, teniendo ya a Laureola por disculpada, cosa que él tanto deseaba.

Pues como del rey fue despedido, Persio, que siempre se trabajaba en ofender su honra por condición y en defenderla por malicia, llamó los conjurados antes que Laureola se librase, y díjoles que cada uno por su parte se fuese al rey y le dijese como de suyo, por quitarle de dudas, que él acusó a Leriano con verdad, de lo cual ellos eran testigos, que le vieron hablar diversas veces con ella en soledad. Lo que ellos hicieron de la manera que él se lo dijo, y tal forma supieron darse y así afirmaron su testimonio que turbaron al rey, el cual, después de haber sobre ello mucho pensado, mandolos llamar. Y como vinieron, hizo a cada uno por sí preguntas muy agudas y sutiles para ver si los hallaría mudables o desatinados en lo que respondiesen. Y como debieran gastar su vida en estudio de falsedad, cuanto más hablaban mejor sabían concertar su mentira, de manera que el rey les dio entera fe, por cuya información, teniendo a Persio por leal servidor, creía que más por su mala fortuna que por su poca verdad había llevado lo peor de la batalla. ¡Oh Persio, cuánto mejor te estuviera la muerte una vez que merecerla tantas!

Pues queriendo el rey que pagase la inocencia de Laureola por la traición de los falsos testigos, acordó que fuese sentenciada por justicia; lo cual, como viniese a noticia de Leriano, estuvo en poco de perder el seso, y con un arrebatamiento y pasión desesperada, acordaba de ir a la corte a liberar a Laureola y matar a Persio, o perder por ello la vida. Y viendo yo ser aquel consejo de más peligro que esperanza, puesto con él en razón desvielo de él. Y como estaba con la aceleración desacordado, quiso servirse de mi parecer en lo que hubiese de liberar, el cual me plugo darle porque no dispusiese con alteración para que se arrepintiese con pesar; y después que en mi flaco juicio se representó lo más seguro, díjele lo que se sigue:

El autor a Leriano

Así, señor, querría ser discreto para alabar tu seso como poderoso para remediar tu mal, porque fueses alegre como yo deseo y loado como tú mereces. Digo esto por el sabio sufrimiento que en tal tiempo muestras, que, como viste tu juicio embargado de pasión, conociste que sería lo que obrases, no según lo que sabes, mas según lo que sientes. Y con este discreto conocimiento quisiste antes errar por mi consejo simple y libre que acertar por el tuyo natural e impedido. Mucho he pensado sobre lo que en esta tu grande fortuna se debe hacer, y hallo, según mi pobre juicio, que lo primero que se cumple ordenar es tu reposo, el cual te desvía el caso presente.

De mi voto el primer acuerdo que tomaste será el postrero que obres, porque como es gran cosa la que has de emprender, así con gran pesadumbre se debe determinar. Siempre de lo dudoso se ha de tomar lo más seguro, y si te pones en matar a Persio y liberar a Laureola, debes antes ver si es cosa con que podrás salir; que como es de más estima la honra de ella que la vida tuya, si no pudieses acabarlo dejarías a ella condenada y a ti deshonrado. Cata que los hombres obran y la ventura juzga: si a bien salen las cosas son alabadas por buenas, y si a mal, habidas por desvariadas. Si liberas a Laureola dirase que hiciste osadía, y si no que pensaste locura. Pues tienes espacio de aquí a nueve días que se dará la sentencia, prueba todos los otros remedios que muestran esperanza, y si en ellos no la hallares, dispongas lo que tienes pensado, que en tal demanda, aunque pierdas la vida, la darás a tu fama. Pero en esto hay una cosa que debe ser proveída primero que lo cometas y es esta: estemos ahora en que ya has forzado la prisión y sacado de ella a Laureola. Si la traes a tu tierra, es condenada de culpa; donde quiera que allá la dejes no la librarás de pena. Cata aquí mayor mal que el primero. Paréceme a mí para sanear esto, obrando tú esto otro, que se debe tener tal forma: yo llegaré de tu parte a Galio, hermano de la reina, que en parte desea tanto la libertad de la presa como tú mismo, y le diré lo que tienes acordado, y le suplicaré, porque sea salva del cargo y de la vida, que esté para el día que fueres con alguna gente, para que, si fuere tal tu ventura que la puedas sacar, en sacándola la pongas en su poder a vista de todo el mundo, en testimonio de su bondad y tu limpieza. Y que recibida, entretanto que el rey sabe lo uno y provee en lo otro, la ponga en Dala, fortaleza suya, donde podrá venir el hecho a buen fin. Mas como te tengo dicho, esto se ha de tomar por postrimero partido. Lo que antes se conviene negociar es esto: yo iré a la corte y juntaré con el cardenal de Gausa todos los caballeros y prelados que hay se hallaren, el cual con voluntad alegre suplicará al rey le otorgue a Laureola la vida. Y si en esto no hallare remedio, suplicaré a la reina que, con todas las honestas y principales mujeres de su casa y ciudad, le pida la libertad de su hija, a cuyas lágrimas y petición no podrá, a mi creer, negar piedad. Y si aquí no hallo esperanza, diré a Laureola que le escriba certificándole su inocencia. Y cuando todas estas cosas me fueren contrarias, he de proferir2 al rey que darás una persona tuya que haga armas con los tres malvados testigos; y no aprovechando nada de esto, probarás la fuerza, en la que por ventura hallarás la piedad que en el rey yo buscaba. Pero antes que me parta, me parece que debes escribir a Laureola, esforzando su miedo con seguridad de su vida, la cual enteramente le puedes dar. Que pues se dispone en el cielo lo que se obra en la tierra, no puede ser que Dios no reciba sus lágrimas inocentes y tus peticiones justas.

El autor

Sólo un punto no salió Leriano de mi parecer, porque le pareció aquel propio camino para despachar su hecho más sanamente. Pero con todo eso no le aseguraba el corazón, porque temía, según la saña del rey, mandaría dar antes del plazo la sentencia, de lo cual no me maravillaba, porque los firmes enamorados lo más dudoso y contrario creen más fácilmente, y lo que más desean tienen por menos cierto. Concluyendo, él escribió para Laureola con mucha duda que no querría recibir su carta, las razones de la cual decían así:

Carta de Leriano a Laureola

Antes pusiera las manos en mí para acabar la vida que en el papel para comenzar a escribirte, si de tu prisión hubieran sido causa mis obras como lo es mi mala fortuna, la cual no pudo serme tan contraria que no me puso estado de bien morir, según lo que para salvarte tengo acordado, donde, si en tal demanda muriere, tú serás libre de la prisión y yo de tantas desaventuras: así que será una muerte causa de dos libertades. Suplícote no me tengas enemiga por lo que padeces, pues, como tengo dicho, no tiene la culpa de ello lo que yo hice, mas lo que mi dicha quiere. Puedes bien creer, por grandes que sean tus angustias, que siento yo mayor tormento en el pensamiento de ellas que tú en ellas mismas. Pluguiera a Dios que no te hubiera conocido, que aunque fuera perdidoso del mayor bien de esta vida, que es haberte visto, fuera bienaventurado en no oír ni saber lo que padeces. Tanto he usado vivir triste, que me consuelo con las mismas tristezas por causarlas tú. Mas lo que ahora siento ni recibe consuelo ni tiene reposo, porque no deja el corazón en ningún sosiego. No acreciente la pena que sufres la muerte que temes, que mis manos te salvarán de ella. Yo he buscado remedios para templar la ira del rey. Si en ellos faltare esperanza, en mí la puedes tener, que por tu libertad haré tanto que será mi memoria, en cuanto el mundo durare, en ejemplo de fortaleza. Y no te parezca gran cosa lo que digo, que, sin lo que tú vales, la injusticia de tu prisión hace justa mi osadía. ¿Quién podrá resistir mis fuerzas, pues tú las pones? ¿Qué no osará el corazón emprender, estando tú en él? Sólo un mal hay en tu salvación: que se compra por poco precio, según lo que mereces, aunque por ella pierda la vida. Y no solamente esto es poco, mas lo que se puede desear perder no es nada. Esfuerza con mi esperanza tu flaqueza, porque si te das a los pensamientos de ella podría ser que desfallecieses, de donde dos grandes cosas se podrían recrecer: la primera y más principal sería tu muerte; la otra, que me quitarías a mí la mayor honra de todos los hombres, no pudiendo salvarte. Confía en mis palabras, espera en mis promesas, no seas como las otras mujeres, que de pequeñas causas reciben grandes temores. Si la condición mujeril te causare miedo, tu discreción te dé fortaleza, la cual de mis seguridades puedes recibir. Y porque lo que haré será prueba de lo que digo, suplícote que lo creas. No te escribo tan largo como quisiera por proveer lo que a tu vida cumple.

El autor

En tanto que Leriano escribía, ordené mi camino, y recibida su carta partime con la mayor prisa que pude. Y llegado a la corte, trabajé que Laureola la recibiese, y entendí primero en dársela que ninguna otra cosa hiciese, por darle algún esfuerzo. Y como para verla me fuese negada licencia, informado de una cámara donde dormía, vi una ventana con una reja no menos fuerte que cerrada. Y venida la noche, doblada la carta muy sutilmente púsela en una lanza, y con mucho trabajo echela dentro de su cámara. Y otro día en la mañana, como disimuladamente por allí me anduviese, abierta la ventana, vila y vi que me vio, como quiera que por la espesura de la reja no la pude bien divisar. Finalmente ella respondió, y venida la noche, cuando sintió mis pisadas echó la carta en el suelo, la cual recibida, sin hablarle palabra por el peligro que en ello para ella había, acordé de irme, y sintiéndome ir dijo: «Cata aquí el galardón que recibo de la piedad que tuve». Y porque los que la guardaban estaban junto conmigo no le pude responder. Tanto me lastimó aquella razón que me dijo que, si fuera buscado, por el rastro de mis lágrimas pudieran hallarme. Lo que respondió a Leriano fue esto:

Carta de Laureola a Leriano

No sé, Leriano, qué te responda, sino que en las otras gentes se alaba la piedad por virtud y en mí se castiga por vicio. Yo hice lo que debía según piadosa, y tengo lo que merezco, según desdichada. No fue, por cierto, tu fortuna ni tus obras causa de mi prisión, ni me querello de ti, ni de otra persona en esta vida, sino de mí sola, que por liberarte de muerte me cargué de culpa, como quiera que en esta compasión que te hube más hay pena que carga, pues remedié como inocente y pago como culpada. Pero todavía me place más la prisión sin yerro que la libertad con él. Y por esto, aunque pene en sufrirla, descanso en no merecerla. Yo soy entre las que viven la que menos debiera ser viva. Si el rey no me salva, espero la muerte; si tú me liberas, la de ti y de los tuyos: de manera que por una parte o por otra se me ofrece dolor. Si no me remedias, he de ser muerta; si me liberas y llevas, seré condenada. Y por esto te ruego mucho te trabajes en salvar mi fama y no mi vida, pues lo uno se acaba y lo otro dura. Busca, como dices que haces, quien amanse la saña del rey, que de la manera que dices no puedo ser salva sin destrucción de mi honra. Y dejando esto a tu consejo, que sabrás lo mejor, oye el galardón que tengo por el bien que te hice. Las prisiones que ponen a los que han hecho muertes me tienen puestas porque la tuya excusé. Con gruesas cadenas estoy atada, con ásperos tormentos me lastiman, con grandes guardas me guardan, como si tuviese fuerzas para poderme salir. Mi sufrimiento es tan delicado y mis penas tan crueles, que sin que mi padre dé la sentencia, tomara la venganza, muriendo en esta dura cárcel. Espantada estoy como de tan cruel padre nació hija tan piadosa. Si le pareciera en la condición no le temiera en la justicia, puesto que injustamente la quiera hacer. A lo que toca a Persio no te respondo porque no ensucie mi lengua, como ha hecho mi fama. Verdad es que más querría que de su testimonio se desdijese que no que muriese por él. Mas aunque yo digo, tú determina, que, según tu juicio, no podrás errar en lo que acordares.

El autor

Muy dudoso estuve cuando recibí esta carta de Laureola sobre enviarla a Leriano o esperar a llevarla yo, y en fin hallé por mejor seso no enviársela, por dos inconvenientes que hallé: el uno era porque nuestro secreto se ponía a peligro en fiarla de nadie; el otro, porque las lástimas de ella le pudieran causar tal aceleración que errara sin tiempo lo que con él acertó, por donde se pudiera todo perder. Pues volviendo al propósito primero, el día que llegué a la corte tenté las voluntades de los principales de ella para poner en el negocio a los que hallase conformes a mi opinión, y ninguno hallé de contrario deseo, salvo a los parientes de Persio. Y como esto hube sabido, supliqué al cardenal que ya dije le pluguiese hacer suplicación al rey por la vida de Laureola, lo cual me otorgó con el mismo amor y compasión que yo se lo pedía. Y sin más tardanza, juntó con él todos los prelados y grandes señores que allí se hallaron, y puesto en presencia del rey, en su nombre y de todos los que iban con él, hízole un habla en esta forma:

No a sinrazón los soberanos príncipes pasados ordenaron consejo en lo que hubiesen de hacer, según cuantos provechos en ello hallaron, y puesto que fuesen diversos, por seis razones aquella ley debe ser conservada: la primera, porque mejor aciertan los hombres en las cosas ajenas que en las suyas propias, porque el corazón de cuyo es el caso no puede estar sin ira, codicia, afición, deseo u otras cosas semejantes para determinar como debe. La segunda, porque platicadas las cosas siempre quedan en lo cierto. La tercera, porque si aciertan los que aconsejan, aunque ellos dan el voto, del aconsejado es la gloria. La cuarta, por lo que se sigue del contrario, que si por ajeno seso se yerra el negocio, el que pide el parecer queda sin cargo y quien se lo da no sin culpa. La quinta, porque el buen consejo muchas veces asegura las cosas dudosas. La sexta, porque no deja tan fácilmente caer la mala fortuna y siempre en las adversidades pone esperanza. Por cierto, señor, turbio y ciego consejo puede dar ninguno a sí mismo siendo ocupado de saña o pasión. Y por eso no nos culpes si en la fuerza de tu ira te venimos a enojar, que más queremos que airado nos reprendas porque te dimos enojo, que no que arrepentido nos condenes porque no te dimos consejo.

Señor, las cosas obradas con deliberación y acuerdo procuran provecho y alabanza para quien las hace, y las que con saña se hacen con arrepentimiento se piensan. Los sabios como tú, cuando obran, primero deliberan que disponen, y sonles presentes todas las cosas que pueden venir, así de lo que esperan provecho como de lo que temen revés. Y si de cualquiera pasión impedidos se hallan, no sentencian en nada hasta verse libres. Y aunque los hechos se dilaten hanlo por bien, porque en semejantes casos la prisa es dañosa y la tardanza segura. Y como han sabor de hacer lo justo, piensan todas las cosas, y antes que las hagan, siguiendo la razón, establécenles ejecución honesta. Propiedad es de los discretos probar los consejos y por ligera creencia no disponer, y en lo que parece dudoso tener la sentencia en peso, porque no es todo verdad lo que tiene semejanza de verdad. El pensamiento del sabio, ahora acuerde, ahora mande, ahora ordene, nunca se parta de lo que puede acaecer, y siempre como celoso de su fama se guarda de error; y por no caer en él tiene memoria en lo pasado, por tomar lo mejor de ello y ordenar lo presente con templanza y contemplar lo porvenir con cordura por tener aviso de todo.

Señor, todo esto te hemos dicho por que te acuerdes de tu prudencia y ordenes en lo que ahora estás, no según sañudo, mas según sabedor. Así, vuelve en tu reposo, que fuerce lo natural de tu seso al accidente de tu ira. Hemos sabido que quieres condenar a muerte a Laureola. Si la bondad no merece ser ajusticiada, en verdad tú eres injusto juez. No quieras turbar tu gloriosa fama con tal juicio, que, puesto que en él hubiese derecho, antes serías, si lo dieses, infamado por padre cruel que alabado por rey justiciero. Diste crédito a tres malos hombres: por cierto, tanta razón había para pesquisar su vida como para creer su testimonio. Cata que son en tu corte mal infamados, confórmanse con toda maldad, siempre se alaban en las razones que dicen de los engaños que hacen. Pues, ¿por qué das más fe a la información de ellos que al juicio de Dios, el cual en las armas de Persio y Leriano se mostró claramente? No seas verdugo de tu misma sangre, que serás entre los hombres muy afeado. No culpes la inocencia por consejo de la saña. Y si te pareciere que, por las razones dichas, Laureola no debe ser salva, por lo que debes a tu virtud, por lo que te obliga tu realeza, por los servicios que te hemos hecho, te suplicamos nos hagas merced de su vida. Y porque menos palabras de las dichas bastaban, según tu clemencia, para hacerlo, no te queremos decir sino que pienses cuánto es mejor que perezca tu ira que tu fama.

Respuesta del rey

Por bien aconsejado me tuviera de vosotros si no tuviese sabido ser tan debido vengar las deshonras como perdonar las culpas. No era menester decirme las razones por que los poderosos deben recibir consejo, porque aquellas y otras que dejaste de decir tengo yo conocidas. Mas, bien sabéis, cuando el corazón está embargado de pasión que están cerrados los oídos al consejo, y en tal tiempo las fructuosas palabras, en lugar de amansar, acrecientan la saña, porque reverdecen en la memoria la causa de ella. Pero digo que estuviese libre de tal impedimento, yo creería que dispongo y ordeno sabiamente la muerte de Laureola, lo cual quiero mostraros por causas justas determinadas según honra y justicia.

Si el yerro de esta mujer quedase sin pena, no sería menos culpable que Leriano en mi deshonra. Publicado que tal cosa perdoné, sería de los comarcanos despreciado y de los naturales desobedecido y de todos mal estimado, y podría ser acusado que supe mal conservar la generosidad de mis antecesores. Y a tanto se extendería esta culpa si castigada no fuese, que podría mancillar la fama de los pasados, la honra de los presentes y la sangre de los por venir; que sola una mácula en el linaje cunde toda la generación. Perdonando a Laureola sería causa de otras mayores maldades que en esfuerzo de mi perdón se harían, pues más quiero poner miedo por cruel que dar atrevimiento por piadoso, y seré estimado como conviene que los reyes lo sean. Según justicia, mirad cuantas razones hay para que sea sentenciada: bien sabéis que establecen nuestras leyes que la mujer que fuere acusada de tal pecado muera por ello. Pues ya veis cuanto más me conviene ser llamado rey justo que perdonador culpado, que lo sería muy conocido si en lugar de guardar la ley, la quebrase, pues a sí mismo se condena quien al que yerra perdona. Igualmente se debe guardar el derecho, y el corazón del juez no se ha de mover por favor, ni amor, ni codicia, ni por ningún otro accidente. Siendo derecha, la justicia es alabada, y si es favorable, aborrecida. Nunca se debe torcer, pues de tantos bienes es causa: pone miedo a los malos, sostiene los buenos, pacifica las diferencias, ataja las cuestiones, excusa las contiendas, aviene los debates, asegura los caminos, honra los pueblos, favorece los pequeños, enfrena los mayores, es para el bien común en gran manera muy provechosa. Pues para conservar tal bien, porque las leyes se sostengan, justo es que en mis propias cosas la use. Si tanto la salud de Laureola queréis y tanto su bondad alabáis, dad un testigo de su inocencia como hay tres de su cargo, y será perdonada con razón y alabada con verdad. Decís que debiera dar tanta fe al juicio de Dios como al testimonio de los hombres: no os maravilléis de así no hacerlo, que veo el testimonio cierto y el juicio no acabado, que, puesto que Leriano llevase lo mejor de la batalla, podemos juzgar el medio y no saber el fin. No respondo a todos los apuntamientos de vuestra habla por no hacer largo proceso y en el fin enviaros sin esperanza. Mucho quisiera aceptar vuestro ruego por vuestro merecimiento. Si no lo hago, habedlo por bien, que no menos debéis desear la honra del padre que la salvación de la hija.

El autor

La desesperanza del responder del rey fue para los que la oían causa de grave tristeza; y como yo, triste, viese que aquel remedio me era contrario, busqué el que creía muy provechoso, que era suplicar a la reina le suplicase al rey por la salvación de Laureola. Y yendo a ella con este acuerdo, como aquella que tanto participaba en el dolor de la hija, topela en una sala, que venía a hacer lo que yo quería decirle, acompañada de muchas generosas dueñas y damas, cuya autoridad bastaba para alcanzar cualquier cosa, por injusta y grave que fuera, cuanto más aquella, que no con menos razón el rey debiera hacerla que la reina pedirla. La cual, puestas las rodillas en el suelo, le dijo palabras así sabias para culparle como piadosas para amansarlo.

Decíale la moderación que conviene a los reyes, reprendíale la perseveranza de su ira, acordábale que era padre, hablábale razones tan discretas para notar como lastimadas para sentir, suplicábale que, si tan cruel juicio dispusiese, se quisiese satisfacer con matar a ella, que tenía los más días pasados, y dejase a Laureola, tan digna de la vida. Probábale que la muerte de la salva mataría la fama del juez, el vivir de la juzgada y los bienes de la que suplicaba. Mas tan endurecido estaba el rey en su propósito que no pudieron para con él las razones que dijo, ni las lágrimas que derramó. Y así se volvió a su cámara con poca fuerza para llorar y menos para vivir. Pues viendo que menos la reina hallaba gracia en el rey, llegué a él como desesperado, sin temer su saña, y díjele, porque su sentencia diese con justicia clara, que Leriano daría una persona que hiciese armas con los tres falsos testigos, o que él por sí lo haría, aunque bajase su merecer, porque mostrase Dios lo que justamente debiese obrar. Respondiome que me dejase de embajadas de Leriano, que en oír su nombre le crecía la pasión. Pues volviendo a la reina, como supo que en la vida de Laureola no había remedio, fuese a la prisión donde estaba y besándola diversas veces decíale tales palabras:

La reina a Laureola

¡Oh bondad acusada con malicia! ¡Oh virtud sentenciada con saña! ¡Oh hija nacida para el dolor de su madre! Tú serás muerta sin justicia y de mí llorada con razón. Más poder ha tenido tu ventura para condenarte que tu inocencia para hacerte salva. Viviré en soledad de ti y en compañía de los dolores que en tu lugar me dejas, los cuales, de compasión, viéndome quedar sola, por acompañadores me diste. Tu fin acabará dos vidas, la tuya sin causa y la mía por derecho, y lo que viviere después de ti me será mayor muerte que la que tú recibirás, porque mucho más atormenta desearla que padecerla. Pluguiera a Dios que fueras llamada hija de la madre que murió y no de la que te vio morir. De las gentes serás llorada en cuanto el mundo durare. Todos los que de ti tenían noticia habían por pequeña cosa este reino que habías de heredar, según lo que merecías. Pudiste caber en la ira de tu padre, y dicen los que te conocen que no cupiera en toda la tierra tu merecer. Los ciegos deseaban vista por verte, los mudos habla por alabarte y los pobres riqueza por servirte. A todos eras agradable y a Persio fuiste odiosa. Si algún tiempo vivo, él recibirá de sus obras galardón justo, y aunque no me queden fuerzas para otra cosa sino para desear morir, para vengarme de él tomarlas he prestadas de la enemistad que le tengo, puesto que esto no me satisfaga, porque no podrá sanar el dolor de la mancilla la ejecución de la venganza. ¡Oh hija mía!, ¿por qué, si la honestidad es prueba de la virtud, no dio el rey más crédito a tu presencia que al testimonio? En el habla, en las obras, en los pensamientos, siempre mostraste corazón virtuoso. Pues ¿por qué consiente Dios que mueras? No hallo por cierto otra causa sino que puede más la muchedumbre de mis pecados que el merecimiento de tu justedad, y quiso que mis errores comprendiesen tu inocencia. Pon, hija mía, el corazón en el cielo. No te duela dejar lo que se acaba por lo que permanece. Quiere el Señor que padezcas como mártir porque goces como bienaventurada. De mí no leves deseo, que si fuere digna de ir donde fueres, sin tardanza te sacare de él. ¡Qué lástima tan cruel para mí que suplicaron tantos al rey por tu vida y no pudieron todos defenderla, y podrá un cuchillo acabarla, el cual dejará el padre culpado, la madre con dolor, la hija sin salud y el reino sin heredera!

Deténgome tanto contigo, luz mía, y dígote palabras tan lastimeras que te quiebren el corazón, porque deseo que mueras en mi poder de dolor por no verte morir en el del verdugo por justicia, el cual, aunque derrame tu sangre, no tendrá tan crueles las manos como el rey la condición. Pero, pues no se cumple mi deseo, antes que me vaya recibe los postrimeros besos de mí, tu piadosa madre. Y así me despido de tu vista, de tu vida y de más querer la mía.

El autor

Como la reina acabó su habla, no quiso esperar la respuesta de la inocente por no recibir doblada mancilla, y así ella y las señoras de quien fue acompañada, se despidieron de ella con el mayor llanto de todos los que en el mundo son hechos. Y después que fue ida, envié a Laureola un mensajero, suplicándole escribiese al rey, creyendo que habría más fuerza en sus piadosas palabras que en las peticiones de quien había trabajado su libertad, lo cual luego puso en obra con mayor turbación que esperanza. La carta decía en esta manera:

Carta de Laureola al rey

Padre: he sabido que me sentencias a muerte y que se cumple de aquí a tres días el término de mi vida, por donde conozco que no menos deben temer los inocentes la ventura que los culpados la ley, pues me tiene mi fortuna en el estrecho que me pudiera tener la culpa que no tengo, lo cual conocerías si la saña te dejase ver la verdad. Bien sabes la virtud que las crónicas pasadas publican de los reyes y reinas donde yo procedo; pues, ¿por qué, nacida yo de tal sangre, creíste más la información falsa que la bondad natural? Si te place matarme por voluntad, obra lo que por justicia no tienes, porque la muerte que tú me dieres, aunque por causa de temor la rehúse, por razón de obedecer la consiento, habiendo por mejor morir en tu obediencia que vivir en tu desamor. Pero todavía te suplico que primero acuerdes que determines, porque, como Dios es verdad, nunca hice cosa por que mereciese pena. Mas digo, señor, que la hiciera, tan convenible te es la piedad de padre como el rigor de justo. Sin duda yo deseo tanto mi vida por lo que a ti toca como por lo que a mí cumple, que al cabo soy hija. Cata, señor, que quien crudeza hace su peligro busca. Más seguro de caer estarás siendo amado por clemencia que temido por crueldad. Quien quiere ser temido, forzado es que tema. Los reyes crueles de todos los hombres son desamados, y estos, a las veces, buscando cómo se venguen, hallan cómo se pierdan. Los súbditos de los tales más desean la revuelta del tiempo que la conservación de su estado, los salvos temen su condición y los malos su justicia. Sus mismos familiares les tratan y buscan la muerte, usando con ellos lo que de ellos aprendieron. Dígote, señor, todo esto porque deseo que se sustente tu honra y tu vida. Mal esperanza tendrán los tuyos en ti, viéndote cruel contra mí; temiendo otro tanto les darás en ejemplo de cualquier osadía, que quien no está seguro nunca asegura. ¡Oh cuánto están libres de semejantes ocasiones los príncipes en cuyo corazón está la clemencia! Si por ellos conviene que mueran sus naturales, con voluntad se ponen por su salvación al peligro: vélanlos de noche, guárdanlos de día. Más esperanza tienen los benignos y piadosos reyes en el amor de las gentes que en la fuerza de los muros de sus fortalezas. Cuando salen a las plazas, el que más tarde los bendice y alaba más temprano piensa que yerra. Pues mira, señor, el daño que la crueldad causa y el provecho que la mansedumbre procura. Y si todavía te pareciere mejor seguir antes la opinión de tu saña que el consejo propio, malaventurada sea hija que nació para poner en condición la vida de su padre, que por el escándalo que pondrás con tan cruel obra nadie se fiará de ti, ni tú de nadie te debes fiar, porque con tu muerte no procure alguno su seguridad. Y lo que más siento, sobre todo, es que darás contra mí la sentencia y harás de tu memoria la justicia, la cual será siempre acordada más por la causa de ella que por ella misma. Mi sangre ocupará poco lugar y tu crueza toda la tierra. Tú serás llamado padre cruel y yo seré dicha hija inocente, que, pues Dios es justo, él aclarará mi verdad: así quedaré libre de culpa cuando haya recibido la pena.

El autor

Después que Laureola acabó de escribir, envió la carta al rey con uno de aquellos que la guardaban, y tan amada era de aquel y todos los otros guardadores, que le dieran libertad si fueran tan obligados a ser piadosos como leales. Pues como el rey recibió la carta, después de haberla leído, mandó muy enojadamente que al llevador de ella le tirasen delante. Lo cual yo viendo, comencé de nuevo a maldecir mi ventura, y puesto que mi tormento fuese grande, ocupaba el corazón de dolor, mas no la memoria de olvido para lo que hacer convenía. Y a la hora, porque había más espacio para la pena que para el remedio, hablé con Galio, tío de Laureola, como es contado, y díjele cómo Leriano quería sacarla por fuerza de la prisión, para lo cual le suplicaba mandase juntar alguna gente para que, sacada de la cárcel, la tomase en su poder y la pusiese en salvo, porque si él consigo la llevase podría dar lugar al testimonio de los malos hombres y a la acusación de Persio. Y como no le fuese menos cara que a la reina la muerte de Laureola, respondiome que aceptaba lo que decía, y como su voluntad y mi deseo fueron conformes, dio prisa en mi partida, porque antes que el hecho se supiese se despachase, la cual puse luego en obra. Y llegado donde Leriano estaba, dile cuenta de lo que hice y de lo poco que acabé; y hecha mi habla, dile la carta de Laureola, y con la compasión de las palabras de ella y con pensamiento de lo que esperaba hacer traía tantas revueltas en el corazón, que no sabía qué responderme. Lloraba de lástima, no sosegaba de sañudo, desconfiaba según su fortuna, esperaba según su justicia. Cuando pensaba que sacaría a Laureola, alegrábase; cuando dudaba si lo podría hacer, enmudecía. Finalmente, dejadas las dudas, sabida la respuesta que Galio me dio, comenzó a proveer lo que para el negocio cumplía, y como hombre proveído, en tanto que yo estaba en la corte juntó quinientos hombres de armas suyos sin que pariente ni persona del mundo lo supiese. Lo cual acordó con discreta consideración, porque si con sus deudos lo comunicara, unos, por no deservir al rey, dijeran que era mal hecho, y otros, por asegurar su hacienda, que lo debía dejar, y otros, por ser el caso peligroso, que no lo debía emprender. Así que por estos inconvenientes y porque por allí pudiera saberse el hecho, quiso con sus gentes solas acometerlo. Y no quedando sino un día para sentenciar a Laureola, la noche antes juntó sus caballeros y díjoles cuanto eran más obligados los buenos a temer la vergüenza que el peligro. Allí les acordó cómo por las obras que hicieron aún vivía la fama de los pasados, rogoles que por codicia de la gloria de buenos no curasen de la de vivos, trájoles a la memoria el premio de bien morir, y mostroles cuanto era locura temerlo no pudiendo excusarlo. Prometioles muchas mercedes, y después que les hizo un largo razonamiento, díjoles para qué los había llamado, los cuales a una voz juntos se profirieron a morir con él.

Pues conociendo Leriano la lealtad de los suyos, túvose por bien acompañado y dispuso su partida en anocheciendo; y llegado a un valle cerca de la ciudad, estuvo allí en celada toda la noche, donde dio forma en lo que había de hacer. Mandó a un capitán suyo con cien hombres de armas que fuese a la posada de Persio y que matase a él y a cuantos en defensa se le pusiesen. Ordenó que otros dos capitanes estuviesen con cada cincuenta caballeros a pie en dos calles principales que salían a la prisión, a los cuales mandó que tuviesen el rostro contra la ciudad, y que a cuantos viniesen defendiesen la entrada de la cárcel, entretanto que él, con los trecientos que le quedaban trabajaba por sacar a Laureola. Y al que dio cargo de matar a Persio, díjole que en despachando se fuese a juntar con él. Y creyendo que a la vuelta, si acabase el hecho, había de salir peleando, porque al subir en los caballos no recibiese daño, mandó aquel mismo caudillo que él, y los que con él fuesen, se adelantasen a la celada a cabalgar, para que hiciesen rostro a los enemigos, en tanto que él y los otros tomaban los caballos, con los cuales dejó cincuenta hombres de pie para que los guardasen.

Y como, acordado todo esto comenzase a amanecer, en abriendo las puertas movió con su gente, y entrados todos dentro en la ciudad, cada uno tuvo a cargo lo que había de hacer. El capitán que fue a Persio, dando la muerte a cuantos topaba, no paró hasta él, que se comenzaba a armar, donde muy cruelmente sus maldades y su vida acabaron. Leriano, que fue a la prisión, acrecentando con la saña la virtud del esfuerzo, tan duramente peleó con las guardas, que no podía pasar adelante sino por encima de los muertos que él y los suyos derribaban. Y como en los peligros más la bondad se acrecienta por fuerza de armas, llegó hasta donde estaba Laureola, a la cual sacó con tanto acatamiento y ceremonia como en tiempo seguro lo pudiera hacer, y puesta la rodilla en el suelo, besole las manos como a hija de su rey. Estaba ella con la turbación presente tan sin fuerza que apenas podía moverse: desmayábale el corazón, fallecíale la color, ninguna parte de viva tenía. Pues como Leriano la sacaba de la dichosa cárcel, que tanto bien mereció guardar, halló a Galio con una batalla de gente que la estaba esperando, y en presencia de todos se la entregó. Y como quiera que sus caballeros peleaban con los que al rebato venían, púsola en una hacanea que Galio tenía aderezada, y después de besarle las manos otra vez, fue a ayudar y favorecer su gente, volviendo siempre a ella los ojos hasta que de vista la perdió, la cual, sin ningún contraste, llevó su tío a Dala, la fortaleza dicha.

Pues tornando a Leriano, como ya el alboroto llegó a oídos del rey, pidió las armas, y tocadas las trompetas y atabales, armose toda la gente cortesana y de la ciudad. Y como el tiempo le ponía necesidad para que Leriano saliese al campo, comenzolo a hacer, esforzando los suyos con animosas palabras, quedando siempre en la rezaga, sufriendo la multitud de los enemigos con mucha firmeza de corazón. Y por guardar la manera honesta que requiere el retraer, iba ordenado con menos prisa que el caso pedía, y así, perdiendo algunos de los suyos y matando a muchos de los contrarios, llegó adonde dejó los caballos, y guardada la orden que para aquello había dado, sin recibir revés ni peligro cabalgaron él y todos sus caballeros, lo que por ventura no hiciera si antes no proveyera el remedio. Puestos todos, como es dicho, a caballo, tomó delante los peones y siguió la vía de Susa, donde había partido. Y como se le acercaban tres batallas del rey, salido de paso apresuró algo el andar, con tal concierto y orden que ganaba tanta honra en el retraer como en el pelear. Iba siempre en los postreros, haciendo algunas vueltas cuando el tiempo las pedía, por entretener los contrarios, para llevar su batalla más sin congoja. En el fin, no habiendo sino dos leguas, como es dicho, hasta Susa, pudo llegar sin que ninguno suyo perdiese, cosa de gran maravilla, porque con cinco mil hombres de armas venía ya el rey envuelto con él, el cual, muy encendido de coraje, puso a la hora cerco sobre el lugar con propósito de no levantarse de allí hasta que de él tomase venganza. Y viendo Leriano que el rey asentaba real, repartió su gente por estancias, según sabio guerrero: donde estaba el muro más flaco, ponía los más recios caballeros; donde había aparejo para dar en el real, ponía los más sueltos; donde veía más disposición para entrarle por traición o engaño, ponía los más fieles; en todo proveía como sabedor y en todo osaba como varón.

El rey, como aquel que pensaba llevar el hecho al fin, mandó fortalecer el real y proveyó en las provisiones. Y ordenadas todas las cosas que a la hueste cumplían, mandó llegar las estancias cerca de la cerca de la villa, las cuales guarneció de muy buena gente, y pareciéndole, según le acuciaba la saña, gran tardanza esperar a tomar a Leriano por hambre, puesto que la villa fuese muy fuerte, acordó de combatirla, lo cual probó con tan bravo corazón que hubo el cercado bien menester el esfuerzo y la diligencia. Andaba sobresaliente con cien caballeros que para aquello tenía diputados: donde veía flaqueza se forzaba, donde veía corazón alababa, donde veía mal recaudo proveía. Concluyendo, porque me alargo, el rey mandó apartar el combate con pérdida de mucha parte de sus caballeros, en especial de los mancebos cortesanos, que siempre buscan el peligro por gloria. Leriano fue herido en el rostro, y no menos perdió muchos hombres principales. Pasado así este combate, diole el rey otros cinco en espacio de tres meses, de manera que le fallecían ya las dos partes de su gente, cuya razón hallaba dudoso su hecho, como quiera que en el rostro ni palabras ni obras nadie se lo conociese, porque en el corazón del caudillo se esfuerzan los acaudillados. Finalmente, como supo que otra vez ordenaban combatirle, por poner corazón a los que le quedaban, hízoles un habla en esta forma:

Leriano a sus caballeros

Por cierto, caballeros, si como sois pocos en número no fueseis muchos en fortaleza, yo tendría alguna duda en nuestro hecho, según nuestra mala fortuna. Pero como sea más estimada la virtud que la muchedumbre, vista la vuestra, antes temo necesidad de ventura que de caballeros, y con esta consideración en solos vosotros tengo esperanza, pues es puesta en nuestras manos nuestra salud, tanto por sustentación de vida como por gloria de fama nos conviene pelear. Ahora se nos ofrece causa para dejar la bondad que heredamos a los que nos han de heredar, que malaventurados seríamos si por flaqueza en nosotros se acabase la heredad. Así pelead que libréis de vergüenza vuestra sangre y mi nombre. Hoy se acaba o se confirma nuestra honra. Sepámonos defender y no avergonzar, que mucho mayores son los galardones de las victorias que las ocasiones de los peligros. Esta vida penosa en que vivimos no sé por qué se deba mucho querer, que es breve en los días y larga en los trabajos, la cual ni por temor se acrecienta ni por osar se acorta, pues cuando nacemos se limita su tiempo, por donde es excusado el miedo y debida la osadía. No nos pudo nuestra fortuna poner en mejor estado que en esperanza de honrada muerte o gloriosa fama. Codicia de alabanza, avaricia de honra, acaban otros hechos mayores que el nuestro. No temamos las grandes compañas llegadas al real, que en las afrentas los menos pelean. A los simples espanta la multitud de los muchos y a los sabios esfuerza la virtud de los pocos. Grandes aparejos tenemos para osar: la bondad nos obliga, la justicia nos esfuerza, la necesidad nos apremia. No hay cosa por que debamos temer, y hay mil para que debamos morir. Todas las razones, caballeros leales, que os he dicho, eran excusadas para creceros fortaleza, pues con ella nacisteis, mas quíselas hablar porque en todo tiempo el corazón se debe ocupar en nobleza, en el hecho con las manos, en la soledad con los pensamientos, en compañía con las palabras, como ahora hacemos, y no menos porque recibo igual gloria con la voluntad amorosa que mostráis como con los hechos fuertes que hacéis. Y porque me parece, según se adereza el combate, que somos constreñidos a dejar con las obras las hablas, cada uno se vaya a su estancia.

Con tanta constancia de ánimo fue Leriano respondido de sus caballeros, que se llamó dichoso por hallarse digno de ellos, y porque estaba ya ordenado el combate fuese cada uno a defender la parte que le cabía. Y poco después que fueron llegados, tocaron en el real los atabales y trompetas, y en pequeño espacio estaban juntos al muro cincuenta mil hombres, los cuales con mucho vigor comenzaron el hecho, donde Leriano tuvo lugar de mostrar su virtud, y según los de dentro defendían, creía el rey que ninguno de ellos faltaba. Duró el combate desde mediodía hasta la noche, que los despartió. Fueron heridos y muertos tres mil de los del real y tantos de los de Leriano que de todos los suyos no le habían quedado sino ciento cincuenta, y en su rostro, según esforzado, no mostraba haber perdido ninguno, y en su sentimiento, según amoroso, parecía que todos le habían salido del ánima. Estuvo toda aquella noche enterrando los muertos y loando los vivos, no dando menos gloria a los que enterraba que a los que veía. Y otro día, en amaneciendo, al tiempo que se remudan las guardas, acordó que cincuenta de los suyos diesen en una estancia que un pariente de Persio tenía cercana al muro, porque no pensase el rey que le faltaba corazón ni gente, lo cual se hizo con tan firme osadía que, quemada la estancia, mataron muchos de los defendedores de ella. Y como ya Dios tuviese por bien que la verdad de aquella pendencia se mostrase, fue preso en aquella vuelta uno de los réprobos que condenaron a Laureola, y puesto en poder de Leriano, mandó que todas las maneras de tormento fuesen obradas en él, hasta que dijese por qué levantó el testimonio, el cual sin apremio ninguno confesó todo el hecho como pasó. Y después que Leriano de la verdad se informó, enviole al rey, suplicándole que salvase a Laureola de culpa y que mandase ajusticiar aquel y a los otros que de tanto mal habían sido causa. Lo cual el rey, sabido lo cierto, aceptó con alegre voluntad por la justa razón que para ello le requería. Y por no detenerme en las prolijidades que en este caso pasaron, de los tres falsos hombres se hizo tal la justicia como fue la maldad.

El cerco fue luego alzado, y el rey tuvo a su hija por libre y a Leriano por disculpado, y llegado a Suria, envió por Laureola a todos los grandes de su corte, la cual vino con igual honra de su merecimiento. Fue recibida del rey y la reina con tanto amor y lágrimas de gozo como se derramaran de dolor. El rey se disculpaba, la reina la besaba, todos la servían, y así se entregaban con alegría presente de la pena pasada. A Leriano mandole el rey que no entrase por entonces en la corte hasta que pacificase a él y a los parientes de Persio, lo que recibió a graveza porque no podría ver a Laureola, y no pudiendo hacer otra cosa, sintiolo en extraña manera. Y viéndose apartado de ella, dejadas las obras de guerra, volviose a las congojas enamoradas, y deseoso de saber en lo que Laureola estaba, rogome que le fuese a suplicar que diese alguna forma honesta para que la pudiese ver y hablar, que tanto deseaba Leriano guardar su honestidad que nunca pensó hablarla en parte donde sospecha en ella se pudiese tomar, de cuya razón él era merecedor de sus mercedes.

Yo, que con placer aceptaba sus mandamientos, partime para Suria, y llegado allá, después de besar las manos a Laureola supliquele lo que me dijo, a lo cual me respondió que en ninguna manera lo haría, por muchas causas que me dio para ello. Pero no contento con decírselo aquella vez, todas las que veía se lo suplicaba. Concluyendo, respondiome al cabo que si más en aquello le hablaba, que causaría que se desmesurase contra mí. Pues visto su enojo y responder, fui a Leriano con grave tristeza, y cuando le dije que de nuevo se comenzaban sus desaventuras, sin duda estuvo en condición de desesperar. Lo cual yo viendo, por entretenerle díjele que escribiese a Laureola, acordándole lo que hizo por ella y extrañándole su mudanza en la merced que en escribirle le comenzó a hacer. Respondiome que había acordado bien, mas que no tenía que acordarle lo que había hecho por ella, pues no era nada, según lo que merecía, y también porque era de hombres bajos repetir lo hecho. Y no menos me dijo que ninguna memoria le haría del galardón recibido, porque se defiende en la ley enamorada escribir qué satisfacción se recibe, por el peligro que se puede recrecer si la carta es vista. Así que, sin tocar en esto, escribió a Laureola las siguientes razones:

Carta de Leriano a Laureola

Laureola: según tu virtuosa piedad, pues sabes mi pasión, no puedo creer que sin alguna causa la consientas, pues no te pido cosa a tu honra fea ni a ti grave. Si quieres mi mal, ¿por qué lo dudas? A sinrazón muero, sabiendo tú que la pena grande así ocupa el corazón, que se puede sentir y no mostrar. Si lo has por bien pensado que me satisfaces con la pasión que me das, porque dándola tú, es el mayor bien que puedo esperar, justamente lo harías si la dieses a fin de galardón. Pero, ¡desdichado yo!, que la causa tu hermosura y no hace la merced tu voluntad. Si lo consientes, juzgándome desagradecido porque no me contento con el bien que me hiciste en darme causa de tan ufano pensamiento, no me culpes, que, aunque la voluntad se satisface, el sentimiento se querella. Si te place porque nunca te hice servicio, no pude subir los servicios a la alteza de lo que mereces. Cuando todas estas cosas y otras muchas pienso, hállome que dejas de hacer lo que te suplico porque me puse en cosa que no pude merecer, lo cual yo no niego, pero atrevime a ello pensando que me harías merced, no según quien la pedía, mas según tú, que la habías de dar. Y también pensé que para ello me ayudaran virtud, compasión y piedad, porque son aceptas a tu condición, que cuando los que con los poderosos negocian para alcanzar su gracia, primero ganan las voluntades de sus familiares. Y paréceme que en nada halle remedio. Busqué ayudadores para contigo y hallelos, por cierto, leales y firmes, y todos te suplican que me hayas merced: el alma por lo que sufre, la vida por lo que padece, el corazón por lo que pasa, el sentido por lo que siente. Pues no niegues galardón a tantos que con ansia te lo piden y con razón te lo merecen. Yo soy el más sin ventura de los más desaventurados. Las aguas reverdecen la tierra y mis lágrimas nunca tu esperanza, la cual cabe en los campos y en las hierbas y árboles, y no puede caber en tu corazón. Desesperado habría, según lo que siento, si alguna vez me hallase solo. Pero como siempre me acompañan el pensamiento que me das, el deseo que me ordenas y la contemplación que me causas, viendo que lo voy a hacer, consuélanme acordándome que me tienen compañía de tu parte. De manera que quien causa las desesperaciones me tiene que no desespere. Si todavía te place que muera, házmelo saber, que gran bien harás a la vida, pues no será desdichada del todo: lo primero de ella se pasó en inocencia y lo del conocimiento en dolor. A lo menos el fin será en descanso, porque tú lo das, el cual, si ver no me quieres, será forzado que veas.

El autor

Con mucha pena recibió Laureola la carta de Leriano, y por despedirse de él honestamente respondiole de esta manera, con determinación de jamás recibir embajada suya:

Carta de Laureola a Leriano

El pesar que tengo de tus males te sería satisfacción de ellos mismos, si creyeses cuanto es grande, y él sólo tomarías por galardón, sin que otro pidieses, aunque fuese poca paga, según lo que me tienes merecido, la cual yo te daría, como debo, si la quisieses de mi hacienda y no de mi honra. No responderé a todas las cosas de tu carta, porque en saber que te escribo me huye la sangre del corazón y la razón del juicio. Ninguna causa de las que dices me hace consentir tu mal, sino sola mi bondad, porque cierto no estoy dudosa de él, porque el estrecho a que llegaste fue testigo de lo que sufriste. Dices que nunca me hiciste servicio: lo que por mí has hecho me obliga a nunca olvidarlo y siempre desear satisfacerlo, no según tu deseo, mas según mi honestidad. La virtud, piedad y compasión que pensaste que te ayudarían para conmigo, aunque son aceptas a mi condición, para en tu caso son enemigos de mi fama, y por esto las hallaste contrarias. Cuando estaba presa salvaste mi vida y ahora que estoy libre quieres condenarla. Pues tanto me quieres, antes deberías querer tu pena con mi honra que tu remedio con mi culpa. No creas que tan sanamente viven las gentes, que sabido que te hablé, juzgasen nuestras limpias intenciones, porque tenemos tiempo tan malo que antes se afea la bondad que se alaba la virtud. Así que es excusada tu demanda, porque ninguna esperanza hallarás en ella, aunque la muerte que dices te viese recibir, habiendo por mejor la crueldad honesta que la piedad culpada. Dirás, oyendo tal desesperanza, que soy movible, porque te comencé a hacer merced en escribirte y ahora determino de no remediarte. Bien sabes tú cuán sanamente lo hice, y puesto que en ello hubiera otra cosa, tan convenible es la mudanza en las cosas dañosas como la firmeza en las honestas. Mucho te ruego que te esfuerces como fuerte y te remedies como discreto. No pongas en peligro tu vida y en disputa mi honra, pues tanto la deseas, que se dirá, muriendo tú, que galardono los servicios quitando las vidas; lo que, si al rey venzo de días, se dirá al revés. Tendrás en el reino toda la parte que quisieres, creceré tu honra, doblaré tu renta, subiré tu estado, ninguna cosa ordenarás que revocada te sea. Así que viviendo causarás que me juzguen agradecida, y muriendo que me tengan por mal acondicionada. Aunque por otra cosa no te esforzases sino por el cuidado que tu pena me da, lo deberías hacer. No quiero más decirte porque no digas que me pides esperanza y te doy consejo. Pluguiera a Dios que fuera tu demanda justa, porque vieras que como te aconsejo en lo uno te satisficiera en lo otro. Y así acabo para siempre de más responderte ni oírte.

El autor

Cuando Laureola hubo escrito, díjome con propósito determinado que aquella fuese la postrimera vez que apareciese en su presencia, porque ya de mis pláticas andaba mucha sospecha y porque en mis idas había más peligro para ella que esperanza para mi despacho. Pues vista su determinada voluntad, pareciéndome que de mi trabajo sacaba pena para mí y no remedio para Leriano, despedime de ella con más lágrimas que palabras, y después de besarle las manos salime de palacio con un nudo en la garganta, que pensé ahogarme por encubrir la pasión que sacaba. Y salido de la ciudad, como me vi solo, tan fuertemente comencé a llorar que de dar voces no me podía contener. Por cierto, yo tuviera por mejor quedar muerto en Macedonia que venir vivo a Castilla, lo que deseaba con razón, pues la mala ventura se acaba con la muerte y se acrecienta con la vida. Nunca por todo el camino suspiros y gemidos me fallecieron, y cuando llegué a Leriano dile la carta, y como acabó de leerla, díjele que ni se esforzase, ni se alegrase, ni recibiese consuelo, pues tanta razón había para que debiese morir, el cual me respondió que más que hasta allí me tenía por suyo, porque le aconsejaba lo propio. Y con voz y color mortal comenzó a condolerse. Ni culpaba su flaqueza, ni avergonzaba su desfallecimiento: todo lo que podía acabar su vida alababa, mostrábase amigo de los dolores, recreaba con los tormentos, amaba las tristezas: aquellos llamaba sus bienes por ser mensajeros de Laureola. Y por que fuesen tratados según de cuya parte venían, aposentolos en el corazón, festejolos con el sentimiento, convidolos con la memoria, rogábales que acabasen presto lo que venían a hacer, por que Laureola fuese servida. Y desconfiado ya de ningún bien ni esperanza, aquejado de mortales males, no pudiendo sostenerse ni sufrirse, hubo de venir a la cama, donde ni quiso comer ni beber, ni ayudarse de cosa de las que sustentan la vida, llamándose siempre bienaventurado porque era venido a sazón de hacer servicio a Laureola quitándola de enojos.

Pues como por la corte y todo el reino se publicase que Leriano se dejaba morir, íbanle a ver todos sus amigos y parientes, y para desviarle su propósito decíanle todas las cosas en que pensaban provecho. Y como aquella enfermedad se había de curar con sabias razones, cada uno aguzaba el seso lo mejor que podía. Y como un caballero llamado Tefeo fuese grande amigo de Leriano, viendo que su mal era de enamorada pasión, puesto que quién la causaba él ni nadie lo sabía, díjole infinitos males de las mujeres, y para favorecer su habla trajo todas las razones que en difamación de ellas pudo pensar, creyendo por allí restituírle la vida. Lo cual oyendo Leriano, acordándose que era mujer Laureola, afeó mucho a Tefeo porque en tal cosa hablaba. Y puesto que su disposición no le consintiese mucho hablar, esforzando la lengua con la pasión de la saña, comenzó a contradecirle en esta manera:

Leriano contra Tefeo y todos los que dicen mal de mujeres

Tefeo: para que recibieras la pena que merece tu culpa, hombre que te tuviera menos amor te había de contradecir, que las razones mías más te serán en ejemplo para que calles que castigo para que penes. En lo cual sigo la condición de verdadera amistad, porque pudiera ser, si yo no te mostrara por vivas causas tu cargo, que en cualquiera plaza te deslenguaras, como aquí has hecho. Así que te será más provechoso enmendarte por mi contradicción que avergonzarte por tu perseveranza. El fin de tu habla fue según amigo, que bien noté que la dijiste porque aborreciese la que me tiene cual ves, diciendo mal de todas mujeres, y como quiera que tu intención no fue por remediarme, por la vía que me causaste remedio, tú por cierto me lo has dado, porque tanto me lastimaste con tus feas palabras, por ser mujer quien me pena, que de pasión de haberte oído viviré menos de lo que creía. En lo cual señalado bien recibí, que pena tan lastimada mejor es acabarla presto que sostenerla más. Así que me trajiste alivio para el padecer y dulce descanso para el acabar, porque las postrimeras palabras mías sean en alabanza de las mujeres, porque crea mi fe la que tuvo merecer para causarla y no voluntad para satisfacerla. Y dando comienzo a la intención tomada, quiero mostrar quince causas por que yerran los que en esta nación ponen lengua, y veinte razones por que les somos los hombres obligados, y diversos ejemplos de su bondad.

Y cuanto a lo primero, que es proceder por las causas que hacen yerro los que mal las tratan, fundo la primera por tal razón: todas las cosas hechas por la mano de Dios son buenas necesariamente, que según el obrador han de ser las obras: pues siendo las mujeres sus criaturas, no solamente a ellas ofende quien las afea, mas blasfema de las obras del mismo Dios.

La segunda causa es porque delante de él y de los hombres no hay pecado más abominable ni más grave de perdonar que el desconocimiento, ¿pues cuál lo puede ser mayor que desconocer el bien que por Nuestra Señora nos vino y nos viene? Ella nos libró de pena y nos hizo merecer la gloria, ella nos salva, ella nos sostiene, ella nos defiende, ella nos guía, ella nos alumbra: por ella, que fue mujer, merecen todas las otras corona de alabanza.

La tercera es porque a todo hombre es defendido según virtud, mostrarse fuerte contra lo flaco, que si por ventura los que con ellas se deslenguan pensasen recibir contradicción de manos, podría ser que tuviesen menos libertad en la lengua.

La cuarta es porque no puede ninguno decir mal de ellas sin que a sí mismo se deshonre, porque fue criado y traído en entrañas de mujer y es de su misma sustancia, y después de esto por el acatamiento y reverencia que a las madres deben los hijos.

La quinta es por la desobediencia de Dios, que dijo por su boca que el padre y la madre fuesen honrados y acatados, de cuya causa los que en las otras tocan merecen pena.

La sexta es porque todo noble es obligado a ocuparse en actos virtuosos, así en los hechos como en las hablas, pues si las palabras torpes ensucian la limpieza, muy a peligro de infamia tienen la honra de los que en tales pláticas gastan su vida.

La séptima es porque cuando se estableció la caballería, entre las otras cosas que era tenido a guardar el que se armaba caballero era una que a las mujeres guardase toda reverencia y honestidad, por donde se conoce que quiebra la ley de nobleza quien usa el contrario de ella.

La octava es por quitar de peligro la honra: los antiguos nobles tanto adelgazaban las cosas de bondad y en tanto la tenían que no habían mayor miedo de cosa que de memoria culpada: lo que no me parece que guardan los que anteponen la fealdad de la virtud, poniendo mácula con su lengua en su fama, que cualquiera se juzga lo que es en lo que habla.

La novena y muy principal es por la condenación del alma: todas las cosas tomadas se pueden satisfacer, y la fama robada tiene dudosa la satisfacción, lo que más cumplidamente determina nuestra fe.

La decena es por excusar enemistad: los que en ofensa de las mujeres despenden el tiempo, hácense enemigos de ellas y no menos de los virtuosos, que como la virtud y la desmesura diferencian en propiedad, no pueden estar sin enemiga.

La oncena es por los daños que de tal acto malicioso se recrecía, que como las palabras tienen licencia de llegar a los oídos rudos tan bien como a los discretos, oyendo los que poco alcanzan las fealdades dichas de las mujeres, arrepentidos de haberse casado, danles mala vida o vanse de ellas, o por ventura las matan.

La docena es por las murmuraciones que mucho se deben temer, siendo un hombre infamado por difamador en las plazas, en las casas y en los campos, y dondequiera es retratado su vicio.

La trecena es por razón del peligro, que cuando los maldicientes que son habidos por tales, tan odiosos son a todos, que cualquiera les es más contrario, y algunas por satisfacer a sus amigas, puesto que ellas no lo pidan ni lo quieran, ponen las manos en los que en todas ponen la lengua.

La catorcena es por la hermosura que tienen, la cual es de tanta excelencia que, aunque cupiesen en ellas todas las cosas que los deslenguados les ponen, más hay en una que loar con verdad que no en todas que afear con malicia.

La quincena es por las grandes cosas de que han sido causa: de ellas nacieron hombres virtuosos que hicieron hazañas de digna alabanza; de ellas procedieron sabios que alcanzaron a conocer qué cosa era Dios, en cuya fe somos salvos; de ellas vinieron los inventivos que hicieron ciudades, fuerzas y edificios de perpetua excelencia; por ellas hubo tan sutiles varones que buscaron todas las cosas necesarias para sustentación del linaje humanal.

Tefeo: pues has oído las causas por que sois culpados tú y todos los que opinión tan errada seguís, dejada toda prolijidad, oye veinte razones por donde me proferí a probar que los hombres a las mujeres somos obligados. De las cuales la primera es porque a los simples y rudos disponen para alcanzar la virtud de la prudencia, y no solamente a los torpes hacen discretos, mas a los mismos discretos más sutiles, porque si de la enamorada pasión se cautivan, tanto estudian su libertad, que avivando con el dolor el saber, dicen razones tan dulces y tan concertadas que alguna vez de compasión que les han se libran de ella. Y los simples, de su natural inocentes, cuando en amar se ponen entran con rudeza y hallan el estudio del sentimiento tan agudo que diversas veces salen sabios, de manera que suplen las mujeres lo que naturaleza en ellos faltó.

La segunda razón es porque de la virtud de la justicia tan bien nos hacen suficientes que los penados de amor, aunque desigual tormento reciben, hanlo por descanso, justificándose porque justamente padecen. Y no por sola esta causa nos hacen gozar de esta virtud, mas por otra tan natural: los firmes enamorados, para abonarse con las que sirven, buscan todas las formas que pueden, de cuyo deseo viven justificadamente sin exceder en cosa de toda igualdad por no infamarse de malas costumbres.

La tercera, porque de la templanza nos hacen dignos, que por no serles aborrecibles, para venir a ser desamados, somos templados en el comer, en el beber y en todas las otras cosas que andan con esta virtud. Somos templados en el habla, somos templados en la mesura, somos templados en las obras, sin que un punto salgamos de la honestidad.

La cuarta es porque al que fallece fortaleza se la dan, y al que la tiene se la acrecientan: hácennos fuertes para sufrir, causan osadía para cometer, ponen corazón para esperar. Cuando a los amantes se les ofrece peligro se les apareja la gloria, tienen las afrentas por vicio, estiman más la alabanza de la amiga que el precio del largo vivir. Por ellas se comienzan y acaban hechos muy hazañosos, ponen la fortaleza en el estado que merece. Si les somos obligados, aquí se puede juzgar.

La quinta razón es porque no menos nos dotan de las virtudes teologales que de las cardinales dichas. Y tratando de la primera, que es la fe, aunque algunos en ella dudasen, siendo puestos en pensamiento enamorado creerían en Dios y alabarían su poder, porque pudo hacer a aquella que de tanta excelencia y hermosura les parece.

Junto con esto los amadores tanto acostumbran y sostienen la fe, que de usarla en el corazón conocen y creen con más firmeza la de Dios. Y porque no sea sabido de quien los pena que son malos cristianos, que es una mala señal en el hombre, son tan devotos católicos, que ningún apóstol les hizo ventaja.

La sexta razón es porque nos crían en el alma la virtud de la esperanza, que puesto que los sujetos a esta ley de amores mucho penen, siempre esperan: esperan en su fe, esperan en su firmeza, esperan en la piedad de quien los pena, esperan en la condición de quien los destruye, esperan en la ventura. Pues quien tiene esperanza donde recibe pasión, ¿cómo no la tendrá en Dios, que le promete descanso? Sin duda haciéndonos mal nos aparejan el camino del bien, como por experiencia de lo dicho parece.

La séptima razón es porque nos hacen merecer la caridad, la propiedad de la cual es amor: esta tenemos en la voluntad, esta ponemos en el pensamiento, esta traemos en la memoria, esta firmamos en el corazón... Y como quiera que los que amamos la usemos por el provecho de nuestro fin, de él nos redunda que con viva contrición la tengamos para con Dios, porque trayéndonos amor a estrecho de muerte, hacemos limosnas, mandamos decir misas, ocupámosnos en caritativas obras porque nos libre de nuestros crueles pensamientos. Y como ellas de su natural son devotas, participando con ellas es forzado que hagamos las obras que hacen.

La octava razón, porque nos hacen contemplativos, que tanto nos damos a la contemplación de la hermosura y gracias de quien amamos, y tanto pensamos en nuestras pasiones, que cuando queremos contemplar la de Dios, tan tiernos y quebrantados tenemos los corazones que sus llagas y tormentos parece que recibimos en nosotros mismos, por donde se conoce que también por aquí nos ayudan para alcanzar la perdurable holganza.

La novena razón es porque nos hacen contritos, que como siendo penados pedimos con lágrimas y suspiros nuestro remedio, acostumbrados en aquello, yendo a confesar nuestras culpas, así gemimos y lloramos que el perdón de ellas merecemos.

La decena es por el buen consejo que siempre nos dan, que a las veces acaece hallar en su presto acordar lo que nosotros cumple largo estudio y diligencia buscamos. Son sus consejos pacíficos sin ningún escándalo: quitan muchas muertes, conservan las paces, refrenan la ira y aplacan la saña. Siempre es muy sano su parecer.

La oncena es porque nos hacen honrados: con ellas se alcanzan grandes casamientos con muchas haciendas y rentas. Y porque alguno podría responderme que la honra está en la virtud y no en la riqueza, digo que tan bien causan lo uno como lo otro. Pónennos presunciones tan virtuosas que sacamos de ellas las grandes honras y alabanzas que deseamos, por ellas estimamos más la vergüenza que la vida, por ellas estudiamos todas las obras de nobleza, por ellas las ponemos en la cumbre que merecen.

La docena razón es porque apartándonos de la avaricia nos juntan con la libertad, de cuya obra ganamos las voluntades de todos, que como largamente nos hacen depender lo que tenemos, somos alabados y tenidos en mucho amor, y en cualquier necesidad que nos sobrevenga recibimos ayuda y servicio. Y no sólo nos aprovechan en hacernos usar la franqueza como debemos, mas ponen lo nuestro en mucho recaudo, porque no hay lugar donde la hacienda esté más segura que en la voluntad de las gentes.

La trecena es porque acrecientan y guardan nuestros haberes y rentas, las cuales alcanzan los hombres por ventura y consérvanlas ellas con diligencia.

La catorcena es por la limpieza que nos procuran, así en la persona como en el vestir, como en el comer, como en todas las cosas que tratamos.

La quincena es por la buena crianza que nos ponen, una de las principales cosas de que los hombres tienen necesidad. Siendo bien criados usamos la cortesía y esquivamos la pesadumbre, sabemos honrar los pequeños, sabemos tratar los mayores. Y no solamente nos hacen bien criados, mas bien quistos, porque como tratamos a cada uno como merece, cada uno nos da lo que merecemos.

La razón dieciséis es porque nos hacen ser galanes: por ellas nos desvelamos en el vestir, por ellas estudiamos en el traer, por ellas nos ataviamos de manera que ponemos por industria en nuestras personas la buena disposición que naturaleza algunos negó. Por artificio se enderezan los cuerpos, puliendo las ropas con agudeza, y por el mismo se pone cabello donde fallece, y se adelgazan o engordan las piernas si conviene hacerlo. Por las mujeres se inventan los galanes entretales, las discretas bordaduras, las nuevas invenciones. De grandes bienes por cierto son causa.

La diecisiete razón es porque nos conciertan la música y nos hacen gozar de las dulcedumbres de ella: ¿por quién se sueñan las dulces canciones?, ¿por quién se cantan los lindos romances?, ¿por quién se acuerdan las voces?, ¿por quién se adelgazan y sutilizan todas las cosas que en el canto consisten?

La dieciochena, es porque crecen las fuerzas a los braceros, la maña a los luchadores, y la ligereza a los que voltean, corren, saltan y hacen otras cosas semejantes.

La diecinueve razón es porque afinan las gracias: los que, como es dicho, tañen y cantan por ellas, se desvelan tanto, que suben a lo más perfecto que en aquella gracia se alcanzan. Los trovadores ponen por ellas tanto estudio en lo que trovan, que lo bien dicho hacen parecer mejor, y en tanta manera se adelgazan, que propiamente lo que sienten en el corazón ponen por nuevo y galán estilo en la canción, invención o copla que quieren hacer.

La veintena y postrimera razón es porque somos hijos de mujeres, de cuyo respeto les somos más obligados que por ninguna razón de las dichas ni de cuantas se puedan decir.

Diversas razones había para mostrar lo mucho que a esta nación somos los hombres en cargo, pero la disposición mía no me da lugar a que todas las diga. Por ellas se ordenaron las reales justas, los pomposos torneos y las alegres fiestas; por ellas aprovechan las gracias y se acaban, y comienzan todas las cosas de gentileza. No sé causa por que de nosotros deban ser afeadas. ¡Oh culpa merecedora de grave castigo, que porque algunas hayan piedad de los que por ellas penan, les dan tal galardón! ¿A qué mujer de este mundo no harán compasión las lágrimas que vertemos, las lástimas que decimos, los suspiros que damos?, ¿cuál no creerá las razones juradas?, ¿cuál no creerá la fe certificada?, ¿a cuál no moverán las dádivas grandes?, ¿en cuál corazón no harán fruto las alabanzas debidas?, ¿en cuál voluntad no hará mudanza la firmeza cierta?, ¿cuál se podrá defender del continuo seguir? Por cierto, según las armas con que son combatidas, aunque las menos se defendiesen, no era cosa de maravillar, y antes deberían ser las que no pueden defenderse alabadas por piadosas que retraídas por culpadas.

Prueba por ejemplos la bondad de las mujeres

Para que las loadas virtudes de esta nación fueran tratadas según merecen hubiese de poner mi deseo en otra plática, porque no turbase mi lengua ruda su bondad clara, como quiera que ni loor pueda crecerla ni malicia apocarla, según su propiedad. Si hubiese de hacer memoria de las castas y vírgenes pasadas y presentes, convenía que fuese por divina revelación, porque son y han sido tantas que no se pueden con el seso humano comprender. Pero diré de algunas que he leído, así cristianas como gentiles y judías, por ejemplificar con las pocas la virtud de las muchas. En las autorizadas por santas por tres razones no quiero hablar. La primera, porque lo que a todos es manifiesto parece simpleza repetirlo. La segunda, porque la Iglesia les da debida y universal alabanza. La tercera, por no poner en tan malas palabras tan excelente bondad, en especial la de Nuestra Señora, que cuantos doctores, devotos y contemplativos en ella hablaron no pudieron llegar al estado que merecía la menor de sus excelencias. Así que me bajo a lo llano donde más libremente me puedo mover.

De las castas gentiles comenzaré en Lucrecia, corona de la nación romana, la cual fue mujer de Colatino, y siendo forzada de Tarquino hizo llamar a su marido, y venido donde ella estaba, díjole: «Sabrás, Colatino, que pisadas de hombre ajeno ensuciaron tu lecho, donde, aunque el cuerpo fue forzado, quedó el corazón inocente, porque soy libre de la culpa; mas no me absuelvo de la pena, porque ninguna dueña por ejemplo mío pueda ser vista errada». Y acabando estas palabras acabó con un cuchillo su vida.

Porcia fue hija del noble Catón y mujer de Bruto, varón virtuoso, la cual sabiendo la muerte de él, aquejada de grave dolor, acabó sus días comiendo brasas por hacer sacrificio de sí misma.

Penélope fue mujer de Ulises, e ido él a la guerra troyana, siendo los mancebos de Ítaca aquejados de su hermosura, pidiéronla muchos de ellos en casamiento; y deseosa de guardar castidad a su marido, para defenderse de ellos dijo que la dejasen cumplir una tela, como acostumbraban las señoras de aquel tiempo esperando a sus maridos, y que luego haría lo que le pedían. Y como le fuese otorgado, con astucia sutil lo que tejía de día deshacía de noche, en cuya labor pasaron veinte años, después de los cuales venido Ulises, viejo, solo, destruido, así lo recibió la casta dueña como si viniera en fortuna de prosperidad.

Julia, hija del César, primer emperador en el mundo, siendo mujer de Pompeo, en tanta manera lo amaba, que trayendo un día sus vestiduras sangrientas, creyendo ser muerto, caída en tierra súbitamente murió.

Artemisa, entre los mortales tan alabada, como fuese casada con Manzol, rey de Icaria, con tanta firmeza le amó que después de muerto le dio sepultura en sus pechos, quemando sus huesos en ellos, la ceniza de los cuales poco a poco se bebió, y después de acabados los oficios que en el acto se requerían, creyendo que se iba para él matose con sus manos.

Argia fue hija del rey Adrastro y casó con Pollinices, hijo de Edipo, rey de Tebas. Y como Pollinices en una batalla a manos de su hermano muriese, sabido de ella, salió de Tebas sin temer la impiedad de sus enemigos ni la braveza de las fieras bestias, ni la ley del emperador, la cual vedaba que ningún cuerpo muerto se levantase del campo. Fue por su marido en las tinieblas de la noche, y hallándolo ya entre otros muchos cuerpos llevolo a la ciudad, y haciéndole quemar, según su costumbre, con amargas lágrimas hizo poner sus cenizas en una arca de oro, prometiendo su vida a perpetua castidad.

Hipo la greciana, navegando por la mar, quiso su mala fortuna que tomasen su navío los enemigos, los cuales, queriendo tomar de ella más parte que les daba, conservando su castidad hízose a la una parte del navío, y dejada caer en las ondas pudieron ahogar a ella, mas no la fama de su hazaña loable.

No menos digna de loor fue su mujer de Admeto, rey de Tesalia, que sabiendo que era profetizado por el dios Apolo que su marido recibiría muerte si no hubiese quien voluntariamente la tomase por él, con alegre voluntad, porque el rey viviese, dispuso de matarse.

De las judías, Sara, mujer del padre Abraham, como fuese presa en poder del rey Faraón, defendiendo su castidad con las armas de la oración, rogó a Nuestro Señor la librase de sus manos, el cual, como quisiese acometer con ella toda maldad, oída en el cielo su petición, enfermó el rey. Y conocido que por su mal pensamiento adolecía, sin ninguna mancilla la mandó liberar.

Débora, dotada de tantas virtudes, mereció haber espíritu de profecía y no solamente mostró su bondad en las artes mujeriles, mas en las feroces batallas, peleando contra los enemigos con virtuoso ánimo. Y tanta fue su excelencia que juzgó cuarenta años al pueblo judaico.

Ester, siendo llevada a la cautividad de Babilonia, por su virtuosa hermosura fue tomada para mujer de Asuero, rey que señoreaba a la sazón ciento veintisiete provincias, la cual por sus méritos y oración libró los judíos de la cautividad que tenían.

Su madre de Sansón, deseando haber hijo, mereció por su virtud que el ángel le revelase su nacimiento de Sansón.

Elisabel, mujer de Zacarías, como fuese verdadera sierva de Dios, por su merecimiento hubo hijo santificado antes que naciese, el cual fue san Juan.

De las antiguas cristianas, más podría traer que escribir, pero por la brevedad alegaré algunas modernas de la castellana nación.

Doña María Cornel, en quien se comenzó el linaje de los Corneles, porque su castidad fuese loada y su bondad no oscurecida, quiso matarse con fuego, habiendo menos miedo a la muerte que a la culpa.

Doña Isabel, madre que fue del maestre de Calatrava don Rodrigo Téllez Girón y de los dos condes de Hurueña, don Alonso y don Juan, siendo viuda enfermó de una grave dolencia, y como los médicos procurasen su salud, conocida su enfermedad hallaron que no podía vivir si no casase; lo cual, como de sus hijos fuese sabido, deseosos de su vida, dijéronle que en todo caso recibiese marido, a lo cual ella respondió: «Nunca plega a Dios que tal cosa yo haga, que mejor me es a mí muriendo ser dicha madre de tales hijos que viviendo mujer de otro marido». Y con esta casta consideración así se dio al ayuno y disciplina, que cuando murió fueron vistos misterios de su salvación.

Doña Mari García, la Beata, siendo nacida en Toledo del mayor linaje de toda la ciudad, no quiso en su vida casar, guardando en ochenta años que vivió la virginal virtud, en cuya muerte fueron conocidos y averiguados grandes milagros, de los cuales en Toledo hay ahora y habrá para siempre perpetuo recuerdo.

Oh, pues de las vírgenes gentiles que podría decir. Eritrea, sibila nacida en Babilonia, por su mérito profetizó por revelación divina muchas cosas advenideras, conservando limpia virginidad hasta que murió. Palas o Minerva, vista primeramente cerca de la laguna de Tritonio, nueva inventora de muchos oficios de los mujeriles y aun de algunos de los hombres, virgen vivió y acabó. Atalante, la que primero hirió el puerco de Calidón, en la virginidad y nobleza le pareció. Camila, hija de Matabo, rey de los bolsques, no menos que las dichas sostuvo entera virginidad. Claudia vestal, Cloelia, romana, aquella misma ley hasta la muerte guardaron. Por cierto, si el alargar no fuese enojoso, no me fallecerían de aquí a mil años virtuosos ejemplos que pudiese decir.

En verdad, Tefeo, según lo que has oído, tú y los que blasfemáis de todo linaje de mujeres sois dignos de castigo justo, el cual no esperando que nadie os lo dé, vosotros mismos lo tomáis, pues usando la malicia condenáis la vergüenza.

Vuelve el autor a la historia

Mucho fueron maravillados los que se hallaron presentes oyendo el concierto que Leriano tuvo en su habla, por estar tan cercano a la muerte, en cuya sazón las menos veces se halla sentido, el cual, cuando acabó de hablar, tenía ya turbada la lengua y la vista casi perdida. Ya los suyos, no pudiéndose contener, daban voces; ya sus amigos comenzaban a llorar; ya sus vasallos y vasallas gritaban por las calles; ya todas las cosas alegres eran vueltas en dolor. Y como su madre, siendo ausente, siempre le fuese el mal de Leriano negado, dando más crédito a lo que temía que a lo que le decían, con ansia de amor maternal, partida de donde estaba, llegó a Susa en esta triste coyuntura. Y entrada por la puerta todos cuantos la veían le daban nuevas de su dolor, más con voces lastimeras que con razones ordenadas, la cual, oyendo que Leriano estaba en la agonía mortal, falleciéndole la fuerza, sin ningún sentido cayó en el suelo, y tanto estuvo sin acuerdo que todos pensaban que a la madre y al hijo enterrarían a un tiempo. Pero ya que con grandes remedios le restituyeron el conocimiento, fuese al hijo, y después que con traspasamiento de muerte, con muchedumbre de lágrimas le vivió el rostro, comenzó en esta manera a decir:

Llanto de su madre de Leriano

¡Oh alegre descanso de mi vejez, oh dulce hartura de mi voluntad! Hoy dejas de decirte hijo, y yo de más llamarme madre, de lo cual tenía temerosa sospecha por las nuevas señales que en mí vi de pocos días a esta parte. Acaecíame muchas veces, cuando más la fuerza del sueño me vencía, recordar con un temblor súbito que hasta la mañana me duraba. Otras veces, cuando en mi oratorio me hallaba rezando por tu salud, desfallecido el corazón, me cubría de un sudor frío, en manera que desde a gran pieza tornaba en acuerdo. Hasta los animales me certificaban tu mal. Saliendo un día de mi cámara vínose un can para mí y dio tan grandes aullidos, que así me corté el cuerpo y el habla que de aquel lugar no podía moverme. Y con estas cosas daba más crédito a mi sospecha que a tus mensajeros, y por satisfacerme acordé de venir a verte, donde hallo cierta la fe que di a los agüeros. ¡Oh lumbre de mi vista, oh ceguedad de ella misma, que te veo morir y no veo la razón de tu muerte. Tú en edad para vivir, tú temeroso de Dios, tú amador de la virtud, tú enemigo del vicio, tú amigo de los amigos, tú amado de los tuyos! Por cierto, hoy quita la fuerza de tu fortuna los derechos a la razón, pues mueres sin tiempo y sin dolencia. Bienaventurados los bajos de condición y rudos de ingenio, que no pueden sentir las cosas sino en el grado que las entienden, y malaventurados los que con sutil juicio las trascienden, los cuales con el entendimiento agudo tienen el sentimiento delgado. Pluguiera a Dios que fueras tú de los torpes en el sentir, que mejor me estuviera ser llamada con tu vida madre del rudo que no a ti por tu fin hijo que fue de la sola. ¡Oh muerte, cruel enemiga, que ni perdonas los culpados ni absuelves los inocentes! Tan traidora eres, que nadie para contigo tiene defensa. Amenazas para la vejez y llevas en la mocedad. A unos matas por malicia y a otros por envidia. Aunque tardas, nunca olvidas. Sin ley y sin orden te riges. Más razón había para que conservases los veinte años del hijo mozo que para que dejases los sesenta de la vieja madre. ¿Por qué volviste el derecho al revés? Yo estaba harta de ser viva y él en edad de vivir. Perdóname porque así te trato, que no eres mala del todo, porque si con tus obras causas los dolores, con ellas mismas los consuelas llevando a quien dejas con quien llevas, lo que si conmigo haces, mucho te seré obligada. En la muerte de Leriano no hay esperanza, y mi tormento con la mía recibirá consuelo. ¡Oh hijo mío! ¿qué será de mi vejez, contemplando en el fin de tu juventud? Si yo vivo mucho, será porque podrán más mis pecados que la razón que tengo para no vivir. ¿Con qué puedo recibir pena más cruel que con larga vida? Tan poderoso fue tu mal que no tuviste para con él ningún remedio, ni te valió la fuerza del cuerpo, ni la virtud del corazón, ni el esfuerzo del ánimo. Todas las cosas de que te podías valer te fallecieron. Si por precio de amor tu vida se pudiera comprar, más poder tuviera mi deseo que fuerza la muerte. Mas para librarte de ella, ni tu fortuna quiso, ni yo, triste, pude. Con dolor será mi vivir, mi comer, mi pensar y mi dormir, hasta que su fuerza y mi deseo me lleven a tu sepultura.

El autor

El lloro que hacía su madre de Leriano crecía la pena a todos los que en ella participaban. Y como él siempre se acordase de Laureola, de lo que allí pasaba tenía poca memoria. Y viendo que le quedaba poco espacio para gozar de ver las dos cartas que de ella tenía, no sabía qué forma se diese con ellas. Cuando pensaba rasgarlas, parecíale que ofendería a Laureola en dejar perder razones de tanto precio; cuando pensaba ponerlas en poder de alguien suyo, temía que serían vistas, de donde para quien las envió se esperaba peligro. Pues tomando de sus dudas lo más seguro, hizo traer una copa de agua, y hechas las cartas pedazos echolos en ella. Y acabado esto, mandó que le sentasen en la cama, y sentado, bebióselas en el agua y así quedó contenta su voluntad. Y llegada la hora de su fin, puestos en mí los ojos, dijo: «Acabados son mis males», y así quedó su muerte en testimonio de su fe.

Lo que yo sentí e hice, ligero está de juzgar. Los lloros que por él se hicieron son de tanta lástima que me parece crueldad escribirlos. Sus honras fueron conformes a su merecimiento, las cuales acabadas, acordé de partirme. Por cierto con mejor voluntad caminara para la otra vida que para esta tierra: con suspiros caminé, con lágrimas partí, con gemidos hablé, y con tales pensamientos llegué aquí a Peñafiel, donde quedo besando las manos de vuestra merced.

Acabose esta obra, intitulada Cárcel de amor, en la muy noble e muy leal ciudad de Sevilla, a tres días de marzo, año de 1492, por cuatro compañeros alemanes.

FIN